詩歌とめぐる南山城・月ヶ瀬

小西　亘
Konishi Wataru

澪標

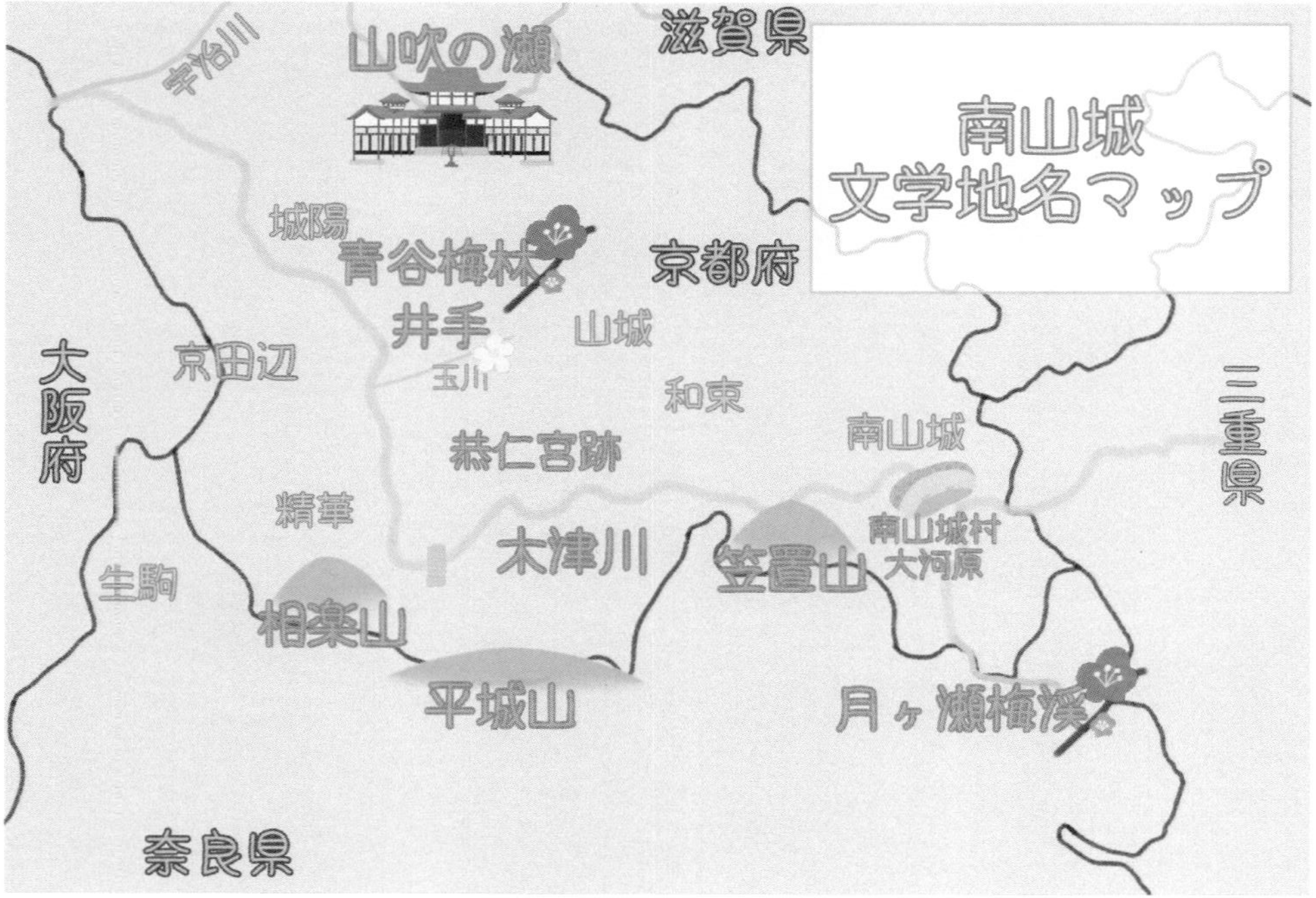
南山城
文学地名マップ
滋賀県
山吹の瀬
宇治川
城陽
青谷梅林
京都府
井手
山城
大阪府
京田辺
玉川
和束
南山城
三重県
恭仁宮跡
精華
木津川
笠置山
南山城村
大河原
生駒
相楽山
平城山
月ヶ瀬梅渓
奈良県

狩集純怜・画

詩歌とめぐる南山城・月ヶ瀬

京都府南部の南山城と、隣接する月ケ瀬は、文学作品に恵まれた地域です。南山城は、古く、記紀や万葉集にすでに記され、以降、王朝和歌や物語、日記、紀行、漢詩、そうして近代の小説に至るまで、あらゆるジャンルの文学作品に、様々に描かれてきました。

試みに、和歌の名所である「歌枕《うたまくら》」をあげてみると、泉川・みかの原・鹿背山・狛野・井手の玉川・久世の鷺坂……と、いくつも思い浮かべることができます。南山城は、隣接する月ケ瀬をも含めて、まことに文学空間として多彩な地域といえましょう。

本書は、南山城と月ケ瀬に関わる文学作品を渉猟し、それらを読みながら、各地域への文学散歩を楽しもうとするものです。

南山城にある多くの文学地名や歌枕の中から、一〇の地域を取り上げました。

一章から八章までは、冒頭に歌を置き、一首の解釈を通して、その背後にある、地域の歴史や暮らし、景観などを訪ねて行きます。そうして、その地域に関わる詩歌や文章を引用しつつ、各々の地域の文学史を綴り、さらにはその地の文学的イメージといったものを考えてみたいと思います。

九章、一〇章は、いわゆる未詳地名について記したものです。

九章は、『万葉集』に詠まれる「相楽山」について考えました。注釈書は「相楽郡の山々の総称」、あるいは「木津川市相楽付近の山」と注するのみで、その山を特定しません。そして、現在相楽山と呼ばれる山はないと説きますが、故老がその名で呼ばれる山は確かに存在します。故老のお話や地元の地誌、万葉の歌などから、万葉の相楽山を特定しようと試みました。

一〇章は、歌枕「山吹の瀬」について記しました。『万葉集』の訓みに起源をもつ「山吹の瀬」が、平安時代から江戸時代末期に至るまで、如何に解され、何処をその場所と比定されてきたのかをまとめました。宇治を訪れる人が、今も山吹の瀬とはどこかと尋ねられるそうですが、その一応の答えを、提示できたのではないかと思っています。

もう、かれこれ二五年ほどの間、私は、南山城と月ケ瀬に関する文学作品を蒐集し、そこから見えてくるものを考えてきました。冒頭に述べたごとく、この地は非常に多くの文学作品に恵まれています。しかし、京都と奈良という文学の中心地に挟まれるゆえに、それらがあまり知られていないのが惜しまれます。また、地域史は盛んですが、地域の文学については、まだまだ開拓の余地があるようです。文学からのアプローチも、地域を知るために大切な道筋と考えます。

文学作品を、少しでも多く紹介することを心がけました。私の拙い文章や考えの当否はさておき、どこからでも、引用の詩歌や文章を読んでいただき、そこに描かれた南山城や月ケ瀬を味わい、訪ねていただければ幸いです。小著が、南山城の詞華集（アンソロジー）ともなればとの思いも込めました。

私の地域文学調査に欠かせないことは、地元の故老への取材です。その地に生きる人ならではの、味わい深いお話を伺うことが出来ます。この度も、笠置寺前住職小林慶範氏、南山城村田山の森西幸男氏、同高尾の中薫氏・好子氏ご夫妻、木津川市相楽在住の長岡金吾氏、法泉寺住職明平正覺氏、月ヶ瀬騎鶴楼主人窪田良蔵氏などの方々に、得がたいお話を伺い、本書に記すことができました。

市町村の資料館や、教育委員会、商工会、また個人の方から、貴重な絵図や写真を提供頂きました。御提供先とともに、掲載させていただきます。笠置の絵葉書は、全て中淳志氏所蔵のものをお借りしました。

前回『宇治の文学碑を歩く』を上梓した際に、歩くのに地図を付けて欲しいという声をいただきました。本書では口絵にわかりやすく美しい地図を載せることができました。木津川市在住の高校生、狩集純怜さんの労作です。

京都地名研究会会長 小寺慶昭先生には、小著に寄せて過分なるお言葉を賜りました。

お世話になった多くの方々に感謝申し上げます。

令和三年一月

小西　亘

目次

一、窪田空穂　笠置山　6
二、上田三四二　青谷梅林　22
三、藤原俊成　井手　39
四、田山花袋・谷崎潤一郎　月ヶ瀬梅渓　54
五、一条兼良　南山城村大河原　82
六、与謝野晶子　木津川　99
七、市原王　瓶原《みかのはら》恭仁　124
八、北見志保子　平城山《ならやま》　149
九、万葉集　相楽山　171
一〇、万葉集　山吹の瀬　199

文学地名を歩く愉しみ　小寺慶昭　223

一、窪田空穂　笠置山

①　咲く桜　すかし見下ろす　深き谷　木津川長く　濃き藍を引く

昭和一六年（一九四一）刊行、窪田空穂の『冬日ざし』の一首です。

窪田空穂（一八七七〜一九六七）は長野県生まれの歌人。小学校の代用教員時代に、同僚であった太田水穂の刺激を受けて作歌をはじめたといいます。やがて与謝野鉄幹に認められて『明星』の同人となりますが、その浪漫的歌風に合わずに退会。以後、自然主義思潮の影響を受けつつ、生活意識に根ざし、自己を追究しようとする独自の歌境を開いてゆきました。早稲田大学国文科の講師でもあり、『万葉集評釈』などの古典注釈の業績もあります。第一歌集『まひる野』の、

鉦《かね》鳴らし　信濃の国を　行き行かば　ありしながらの　母みるらんか

の一首が、教科書にも載り、人口に膾炙《かいしゃ》しています。

①の歌は、昭和一二年、友人に誘われ京阪地方に旅行したときの連作「京阪に遊ぶ」の、「笠置駅」三首うちの二首目の歌です。
笠置山の中腹あたりからの眺めを詠んだものでしょうか。

笠置山に咲く桜のあわいから深い谷を見下ろすと、眼下には
木津川が長く、濃い藍色を引いて流れていることだ

笠置山に登ると春には中腹あたりまで桜が美しく咲き、「千仞《せんじん》の谷」と呼ばれる崖の下に木津川が流れます。おそらく作者は木津川の上流に目をやっているのでしょう。木津川を遡《さかのぼ》ってくると、笠置山のふもとで急に川幅が狭くなります。ぐっと狭まった川の両岸に大きな岩が並び立ち、その間を深く濃い碧色をした水が流れる「鹿ヶ淵」といわれるところです。かつて小説家の近松秋江が「両岸に巨岩、怪石迫り、紺碧の淵を湛へた急流」(『旅こそよけれ』)と描写した碧流。そうして、そこから上流は、俯瞰すると、まさに山々のあわいを「濃き藍を引」いたように木津川

笠置絵葉書「鹿ヶ淵の絶景」

の流れが見渡せます。

笠置山が文学にどのように記されてきたかを、その歴史とともに見てゆきましょう。

笠置山は、京都府の南端、奈良県との境に位置します。国道一六三号を木津川に沿って東に向かい笠置町に入ると、右手にどっしりと存在感のある笠置山が見えてきます。標高二八九メートル、全山花崗岩からなり、奇岩奇石が多く、古くから山岳修行の霊場として栄えました。また、『枕草子』に「寺は、壺坂。笠置寺。……」とあるように、白鳳時代作と伝えられる巨大な磨崖仏の弥勒像を本尊とする、弥勒信仰の霊山として多くの参詣者を集めました。

笠置山の弥勒像については、『今昔物語集』に彫像説話が載せられています。

笠置山

天智天皇の皇子が加茂から東に向かって狩りに行き、鹿を追ううちに断崖絶壁に至ってしまいます。窮地に立った皇子は、山の神々に命を助けてほしいと祈願し、もしそれが叶うならば、巌《いわお》に弥勒菩薩の像を刻もうと誓います。その効験あって、無事に命を救われた皇子は、その場所の目印にするために笠を置いて帰りました。一両日経ってふたたびそこを訪れましたが、麓から見上げると山は屹立し、とても仏を彫る術がありません。皇子が嘆いていると、天人がこれを哀れみたちまちに仏を刻んでくれました。その間、にわかに黒雲が覆い、小石の多く砕け散る音が聞こえ、しばしあって雲去って霞晴れ上がると、弥勒像が鮮やかに彫られ、完成していました。そうして『今昔物語集』の作者は、「其れより後、是を笠置寺と云ふ、是なり。笠を注《しるし》に置きたれば、笠置と云ふべきなり」と笠置寺の開創と地名起源説話を付しています。

王朝時代、弥勒信仰が盛んになり、後期には末法思想の影響も受けて、多くの人が笠置山を訪れました。醍醐天皇・花山天皇・白河法皇・藤原道長・頼通などの参詣の記録が残ります。

それらを背景に笠置山は和歌に詠まれるようになりますが、笠置山を詠んだ歌として、もっとも早い時期のものは、次の一首でしょう、

川上や　笠置の岩屋《いはや》　けを寒み　苔を筵《むしろ》と　馴らすうばそく

曾禰好忠《そねのよしただ》『曾丹集』所収の歌です。好忠の詳しい伝記は分かりませんが、一〇世紀後半の歌人です。

「けを寒み」は「気が寒いので」の意。『夫木和歌抄』では「気《け》を温《ぬる》み」となっています。「うばそく（優婆塞）」は仏門に入った在家の男性。木津川の川上、奇岩奇石が露出する笠置の岩屋で、苔をむしろのように敷き馴らして修行する行者の姿を詠んでいます。

笠置山は、やがて歌枕として知られるようになります。王朝和歌でよく知られたものをあげると、

さみだれは　水上まさる　いづみ川　笠置の山も　くもがくれつつ

ちらすなよ　笠置の山の　桜花　おほふばかりの　そでならずとも

一首目は、藤原俊成（一一一四～一二〇四）の歌です。『五社百首』所収。梅雨の季節、五月雨に木津川上流の笠置峡谷の水かさが増え、笠置山は雲に覆われています。古歌でありながら、梅雨時の笠置山辺りの実景をよく伝えています。

二首目は藤原定家（一一六二～一二四一）『拾遺愚草《しゅういぐそう》』の歌。よく引用される歌ながら解釈のむつかしい歌ですが、一首は『後撰和歌集』の、

大空に　おほふばかりの　袖もがな　春咲く花を　風にまかせじ

を本歌としています。本歌が「大空を覆うほどの袖があったら花を風の思うままに散らせないのに」というのを踏まえて、俊成の歌は、「風よ、笠置山の桜を散らせるな、空を覆うほどの袖でなくとも、この山は笠にちなむ名前をもっているのだから」と詠んでいます。

現在笠置山は南山城屈指の桜の名所ですが、いにしえの、山桜咲く笠置山の美しい景色を思わせる歌です。

鎌倉時代になると、南都仏教の改革を唱えた解脱貞慶《げだつじょうけい》の入山によって、笠置山は空前の隆盛期を迎えます。弥勒信仰の一大拠点となり、多くの僧が集まり、四九もの寺を有したことということです。

しかし、元弘の変（一三三一）で後醍醐天皇を迎え、笠置山は戦場となりました。

中世の笠置山と言えば、元弘の変を描いた『太平記』の記述が有名です。

現在の笠置の桜（中淳志氏撮影）

笠置に逃れた後醍醐天皇が夢のお告げによって楠木正成と対面する場面。続く笠置合戦は、高橋又四郎の抜け駆けの失敗から、宮方の足助重典・本性房の活躍、やがて陶山義隆・小宮山次郎の夜討ちによって笠置山が落城するまでを、活き活きとして躍動的な文体で描写しています。

笠置山に築かれた宮方の城は、

かの笠置の城と申すは、山高うして一片《いっぺん》の白雲《はくうん》峰を埋み、谷深うして万仞《ばんじん》の青岩《せいがん》路をさへぎる。つづら折りなる道を回つてあがる事十八町、岩を切つて堀とし、石を畳うで屏《へい》とせり。

と描かれています。

笠置落城の後、後醍醐天皇は万里小路藤房・季房とともに山城多賀の有王山まで逃れ、

さして行く　笠置の山を　出でしより　天《あめ》が下には　隠れ家もなし

と詠まれたのはよく知られるところです。

戦前の国定教科書『尋常小学校国史』には、「第二十二後醍醐天皇」「第二十三楠木正成」の章が設けられ、『太平記』をもとにした笠置合戦の様子は全国の児童が学習しました。戦前の教育を受けた

私の父母も、後醍醐天皇の御製と、万里小路富房がそれに応えた、

いかにせん　たのむ陰《かげ》とて　立ちよれば　なほ袖ぬらす　松の下露

の歌は、暗唱していました。

元弘の変以後 笠置寺は衰亡にむかいます。戦災によって寺の堂宇は焼け、本尊の弥勒菩薩は巨大な石面に光背を残すのみで、お姿は消失してしまいました。

やがて笠置山は、戦国時代に要塞の山城《やまじろ》として利用された時期を経て、江戸時代には、

元弘の役の前には甍を並べた笠置寺も江戸時代初めには5つの寺院を数えるにとどまり、その内、明治時代まで残ったのは福寿院だけであった。

笠置山本尊弥勒磨崖仏(現在は光背を残すのみ)

（小林義亮『笠置寺激動の１３００年』文芸社）

という歴史をたどったということです。

江戸時代の笠置山は、弥勒信仰の霊場としてよりも、元弘の変の戦跡として意識されていたようです。

江戸時代は漢学が奨励され、文芸も中期以降は漢詩文が中心となりましたが、江戸後期の漢詩に、笠置山を詠んだものが見られます。

江戸時代の詩人として最も著名な人物は、『日本外史』の著者頼山陽でしょう。頼山陽は、文政一二年（一八二四）に笠置山に登り、「笠置山。元弘の行在所を観て作れる歌」と題する七言古詩を詠んでいます。難解で長い詩ですので、大意のみを紹介しましょう。くわしくは、岩波文庫『頼山陽詩抄』に頼成一・伊藤吉三の訳注があります。

詩は、奇岩重なる笠置山の描写にはじまり、元弘の変の笠置合戦とその落城から、後醍醐天皇が吉野へ逃れるまでを歌います。夢の知らせで帝が楠木正成を召見する場面では、

君在《いま》す臣敢《あ》えて死せんや。君在り賊の滅ぶる、日を指すべし。唯《ただ》願ふ君の心終始《しゅうし》一ならんことを。

と正成の言葉を詩句にそのまま記し、続いて、帝は笠置での危難を忘れ、忠臣の言に耳を傾けなかったために、再び都に還ることができなかったのだと、悲憤の思いを表します。そして、行在所跡の石に礎のような凹みを見つけ、ここは正成が藤原藤房に勅を受けたところだろうかと想像し、最後に現在の笠置の民に生き続ける忠義の心を讃えて長い詩を結んでいます。

頼山陽を笠置山へ案内したのは、弟子の大倉笠山でした。笠山は、笠置山麓の、現在笠置館となっている大倉家出身の文人です。大倉家は、笠置で大倉酒造を創業し、やがて伏見桃山に出て月桂冠などの銘酒を造りました。南山城に住む私たちは、多くの詩人を笠置山に導いた大倉笠山とその妻袖蘭の名も、記憶に留めておく必要がありましょう。

頼山陽以外の詩人の詩句もあげると、篠崎小竹《しのざきしょうちく》の五言律詩「笠置」の首聯《しゅれん》（第一句・二句）に、

維《こ》れ昔《むかし》帝《みかど》蒙塵《もうじん》せしところ　今に至るも人巾《きん》を湿《うるお》す

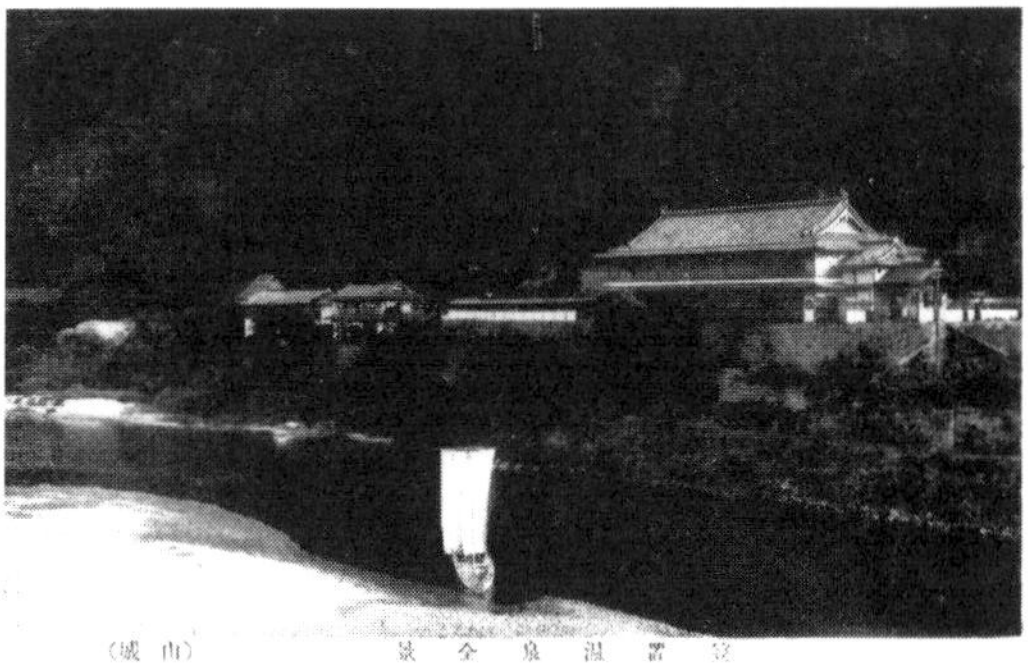

笠置絵葉書　笠置山麓の笠置温泉（元大倉酒造）

（ここ笠置山は昔帝が都を追われたところ　それを思えば今も涙でハンカチを濡らす）「蒙塵」・天子が都を追われ野のほこりを被ること。「巾」・てぬぐい。

また、中島棕隠《なかじまそういん》「四月八日伊賀に赴く途中の作」尾聯（七句・結句）に、

只《ただ》憐れむ古壘《こるい》千年の恨み　此の嵌巉蓊匌《かんざんおうこう》の間に在るを

（心傷むのは古いとりでに千年の恨みがこもり　険しい鬱蒼としたこの辺りに漂っていることだ）

「嵌巉」・山の険しいさま。「蓊匌」・気がふさがるさま。

などと詠まれています。

このように、江戸時代後期の笠置の詩は、そのほとんどが、南朝悲史に関わる感慨を詠んだものです。江戸時代中期以降尊王の思潮が高まるにつれて、笠置山は南の吉野山と並んで、尊王の聖地と見なされるようになりました。江戸後期の詩人たちは、笠置山を目にすると、まず何よりも元弘の変と後醍醐天皇の苦難を思い悲憤し、尊皇の思いに心を高ぶらせたようです。豊かな自然と多彩な歴史を有する笠置山ですが、この時代には、尊皇のロマンチシズムを表出するという、ほぼ類型的な詩想で、詩に詠まれるようになったのでした。

明治になっても、漢詩はなおさかんに詠まれました。本田種竹・三島中洲・長三州など多くの詩人が笠置山を詠みましたが、たとえば明治の元勲伊藤博文が「壬寅十一月笠置山下を過ぎりて感有り」詩の転句・結句に、

詩客《しかく》誰《たれ》か今昔の感《かん》無からんや　江山随所《ずいしょ》当年を憶《おも》ふ

と詠むごとく、やはり江戸期と同じく、元弘の故事とそれに触発された尊王の思いを述べるものが、そのほとんどを占めていました。

近代の短歌をあげてみましょう。

拝《おろが》めば　たふとかりけり　笠置山　くすしき巌は　みな仏にて

心あてに　ながめわたさむ　朝ぼらけ　霞こめたる　笠置みやまを

のびやかに　みち　に　より　ふす　この　いは　の　ひと　なら　まし　を　われ　をろがま　む

そそり立つ　この巨岩《おほいは》に　兵火《いくさび》の　火焔吹きつけし　夜半をしぞ思ふ

一首目は、与謝野鉄幹の父与謝野礼厳の歌、二首目は晩年加茂の恭仁に住んだ東洋学者内藤湖南の歌、三首目は奈良を愛した歌人会津八一、四首目は「老いらくの恋」で知られる川田順の「笠置山懐古」連作九首のうちの一首です。

巨岩の尊さを詠んだ歌や、叙景歌や、漢詩と同じように元弘の笠置合戦を詠んだ歌などがあり、明治の短歌革新運動を経て、近代の笠置山の歌は、歌人それぞれの個性にしたがって、様々に詠まれるようになったと言えるのでしょうか。

明治以降の紀行文として広く読まれたのは、明治三二年に博文館から刊行された、大橋乙羽の『千山萬水』です。そこに「笠置山の今」と題する一文があります。少し引用すると、

笠置絵葉書　笠置の町の風景

詩《からうた》に曰《い》ふ、国亡《ほろ》びて山河在りと詠みける意《こころ》のそゞろに思ひあはされて、感慨の涙に胸塞《ふさ》がり今より思ひ奉《たてまつ》れるも畏《おそ》れ多き事ながら、その元弘のその昔後醍醐天皇が花の都の御座所さへ、春の嵐の荒ければ月を辿りて内裏を遁《のが》れ出でさせられ、さしてゆく笠置の山に松吹く風を朝夕に耳にし給ひ、至尊《しそん》の御身にある間敷《まじ》き侘《わび》しきさまに御在《おはせ》ませしを、北条勢は執念《しふね》くも付き纏《まと》ひて此方《こなた》へ軍勢をさし向けたり。

と元弘の故事が記されており、文章全篇にわたって後醍醐天皇の苦難を具体的に紹介しつつ笠置山を描写しています。

窪田空穂にも「笠置山―旅行記の一節―」という随想があり、（明治四三『新潮』）

笠置の山、幼い頃から耳に馴れ胸に親しんで今はもう忘れることの出来ないやうな関係のある山を、初めて目に見るといふ事は、私に一種の感動を与えた。

建武の中興、あの歴史の上の大事件の、第一着手であつた笠置の山、事件の成行きと結果から思つて見て、捉へ難い事のやうに感じ、そして笠置の山も何《ど》の様な山だらうと想像した、其れは此んな山であつたのか。

と、やはり元弘の故事の感慨とともに笠置山を見ています。

これらの文章から、明治以降戦前に至るまで、笠置山は全国民に知れ渡った山であり、忠君愛国の思潮のもとで、後醍醐天皇の苦難と愛国の思いを抱かせる山であったことがうかがえます。

長々と、私なりの笠置山の文学史を綴ってきました。その背景に空穂の歌を置いて、もう一度見てみましょう。

①　咲く桜　すかし見下ろす　深き谷　木津川長く　濃き藍を引く

空穂の歌は、純然たる叙景歌です。

昭和一六年といえば、日中戦争のさなかであり、一二月には太平洋戦争が開始されます。笠置山には多くの人が戦勝祈願に登っていました。笠置寺前ご住職小林慶範氏によると、戦勝祈願の参詣者は昭和一五・六年頃が最も多く、その頃幼かった氏は、カーキ色の軍服を来た人が来山し、サーベルを吊った軍の高官の姿も印象に残ると話してくださいました。

当時多くの人々で賑わった笠置山。しかし空穂の歌は、奥深い山に咲く美しい桜と麓を流れる木津川の碧という、古来変わらぬ笠置の自然を、一枚の写真のように鮮やかに描写した一首です。

連作の一首目もあげると、

木津川を　遡り来れば　笠置山　山の気澄みて　桜咲き照る

この歌も美しい叙景の歌です。国道一六三号を木津川に沿って東へ向かうとき、笠置辺りまで来ると、ふっと空気が変わり、静寂な気配を感じます。そうして笠置山に登ると、「山の気」は澄んでいます。山から眺める木津川渓谷は美しく、なかでも桜の季節のそれは素晴らしいものです。

空穂の歌は、おそらく古来変わらぬ笠置山の景色を写し、しかも私たちの実感に合う、優れた作品であると思います。

笠置山頂上から木津川上流を俯瞰する

二、上田三四二　青谷梅林

②　満ちみちて　梅咲ける野の　見えわたる　高丘は吹く　風が匂ひつ

上田三四二の第一歌集『黙契』（昭和三〇年刊）所収の歌です。

上田三四二（一九二三〜一九八九）は、兵庫県小野市出身の歌人。内科医として勤務しながら作歌活動を続け、昭和五四年から五九年までは宮中歌会始の選者に任ぜられました。小説・評論の分野でも活躍し、評論『島木赤彦』で野間文芸賞、小説『祝婚』で川端康成文学賞を受賞しています。かつて氏の評論がしばしば大学入試問題に出題されたことでも、私たちになじみの深い文人です。

上田三四二は、中年に患った病を生涯の転機とし、「存命のよろこび」を思い、また「たまものの生」を惜しみ、深く生を見つめました。そうして詠まれた、自然や心を浄化してゆくかのような作品は、多くの人の心を打ちました。

第三歌集『涌井』の次の一首が、もっともよく知られた歌でしょうか。

ちる花は　かずかぎりなし　ことごとく　光をひきて　谷にゆくかも

昭和四四年、奈良県吉野に遊んだときの作。光を曳いて次々に谷に散りゆく桜に、作者の深い詠嘆、さらには何か幻想的なものまでもが感じられます。写実の歌でありながら叙情に富み、上田三四二の歌の特徴をよく表す一首であるといえましょう。

②の歌は、京都府城陽市にある青谷梅林を詠んだ歌です。

上田三四二は、昭和二七年から昭和三六年まで、久世郡城陽町（現城陽市）青谷の国立京都療養所の医師として勤務し、青谷に住みました。歌は、上田三四二がはじめて青谷で春を迎えた昭和二八年の青谷梅林を詠んだものです。

平成一四年、JR青谷駅側に、上田三四二と交流のあった方や地元の短歌会の方を発起人として、この歌の歌碑が建てられました。

歌に詠まれた青谷梅林は、京都府最大の梅林として春には多くの人で賑わいます。青谷梅林の歴史を見て行きましょう。

青谷梅林の起源については、一般に、後醍醐天皇の第四皇子宗良《むねよし》親王の歌に、

風かよふ　つつきの里の　梅が香を　空にへだつる　中垣ぞなき

と詠まれているところから、鎌倉末期にまでさかのぼるとされています。（昭和一六年『青谷村誌』など）歌の「つつきの里」は「綴喜の里」で、近世までは青谷は綴喜郡に含まれていたので、歌は青谷梅林を詠んだものだというのです。

これは、江戸時代の地誌『山城名勝志』（正徳元年・一七一一）「綴喜」に、宗良親王の歌が載るのによったものでしょう。

しかし、『宗良親王千首』にあたると、この歌の詞書《ことばがき》（歌の前書き）に「隣家梅」とあり、歌は青谷梅林を詠んだものではないと思われます。青谷梅林の起源を鎌倉末期に求めるのは、再考すべきでしょう。

青谷梅林の起源について、初代青谷村村長大

国立京都療養所（昭和28年）

西常右衛門が明治三三年に語った記録があります。(『青谿絶賞』) それによると、梅林は西暦一七三〇年から一七四〇年頃(徳川吉宗治世の享保・元文年間)に盛んに植えられ、烏梅《うばい》の産出が他に比類を見ないほど多かった、ということです。他の資料では、『京都府園芸要鑑』に安永年間(一七七二〜一七八一)、『青谷村誌』に寛文年間(一六五八〜一六七二)と記しています。これらの資料や他の梅林の歴史も参考にすると、青谷梅林は、江戸初期か中期ごろに、その起源を求めるべきでしょうか。

青谷梅林は、大西常右衛門が語るように、烏梅の生産によって大梅林に成長した梅林でした。

烏梅は、別名「焼き梅」「黒梅」また「ふすべ梅」とも呼ばれます。古く遣唐使が日本に将来したとされ、古来漢方薬として用いられてきました。七月初頭ごろ、梅の実を拾い集め、それに煤《すす》をまぶしてもみ殻の上で蒸し、さらに天日で乾燥して作ったものです。梅の真っ黒な燻製《くんせい》のようなもので、手に取ると炭の粉がつき、梅と炭のまざりあったよい香りがします。

現在の青谷梅林

この烏梅が、江戸時代に入ると、紅花染めの色素定着剤として使用され、高値で売れるようになりました。土地が砂地であり梅の栽培に適していた青谷では、盛んに梅を植え、烏梅を生産し、京都・大坂の紅粉屋に出荷したということです。木津川の上流月ヶ瀬梅林では、烏梅の収入は米作のそれよりもよく、村人は争って梅を植えたとありますが、事情は青谷でもおそらく同じであったでしょう。烏梅生産のために、青谷じゅうに梅が栽培され、江戸後期には大梅林が形成されていたと思われます。その規模は、京都府最大といわれる今日の青谷梅林とも、比較することのできないほど広大なものであったでしょう。

しかし、梅林の最盛期であった江戸後期の青谷梅林は、知られざる梅林でした。江戸後期の梅林といえば、青谷の近くの伏見桃山の梅林が知られ、文人たちが観梅を楽しみ、詩歌を残しています。また青谷よりも遙かに交通の便の悪い月ヶ瀬梅林は、齋藤拙堂の『月瀬記勝』や梁川星巌・頼山陽などの詩によって知られ、文人憧れの地となっていました。

烏梅

ところが青谷梅林は、奈良街道に面し、繁華な長池宿の傍にありながら、当時の紀行文や詩歌集に記されているのを未だに見ません。唯一、淀藩主の稲葉候が観梅に訪れたという口碑が残るのみです。

青谷梅林が世に知られるようになったのは、明治三〇年代に入ってからのことでした。明治二九年に奈良鉄道が開通し、明治三一年に「青谷梅林保勝会」が設立され、青谷梅林は、次第に梅の名勝地として世に知られるようになってゆきました。

青谷梅林保勝会は、村長の大西常右衛門、村会議員島本徳次郎・堀井権次郎らによって設立されました。当時烏梅の需要が減り、衰退していた梅林の復興を企図したもので、梅を応用した新製品を開発するとともに、梅林を宣伝し、観梅客の誘致に努めました。

明治三一年、三月七日・九日の『日の出新聞』に、青谷保勝会の発会式の記事が載っています。記事には、京都から青谷梅林への道中、西生寺での風流な発会式、式後の観梅の様子が、梅林の名所を紹介しつつ、景山・玉渓両画家の絵とともに、紀行作家川村文芽の筆で記されています。この記事は、青谷梅林が活字で紹介されたおそらく最初のものであり、保勝会が、新聞を利用して青谷梅林を大いに宣伝しようとしたものでしょう。

保勝会はまた、明治三三年に『青谿絶賞』を発刊しました。この書は、青谷梅林のPR誌で、青谷梅林の名所を紹介した観梅紀行文と、青谷八景画・青谷観梅詩とで構成されています。著者は稲田村（現精華町）の文人山中青谿、八景画を担当したのは奈良の対竹という画家です。著者は自らの号を青谿とするほどに青谷梅林を愛しており、広大で美しい梅林が世に知られないのを惜しみ、青谷発揚のために筆を執ったのだと述べています。そうして紀行文の最後に、江湖の文人達に、青谷梅林の詩歌を詠み、その素晴らしさを世に知らせてほしいと呼びかけています。『青谿絶賞』は、嘉永年間に出版された齋藤拙堂の『月瀬記勝』が月ヶ瀬梅林を天下の名勝としたひそみに倣って、文学によって青谷梅林を顕そうとしたものです。

　これら保勝会の活動や奈良鉄道の開通などによって、青谷梅林は、明治三〇年代初めににわかに世に知られ、観梅の名勝地となりま

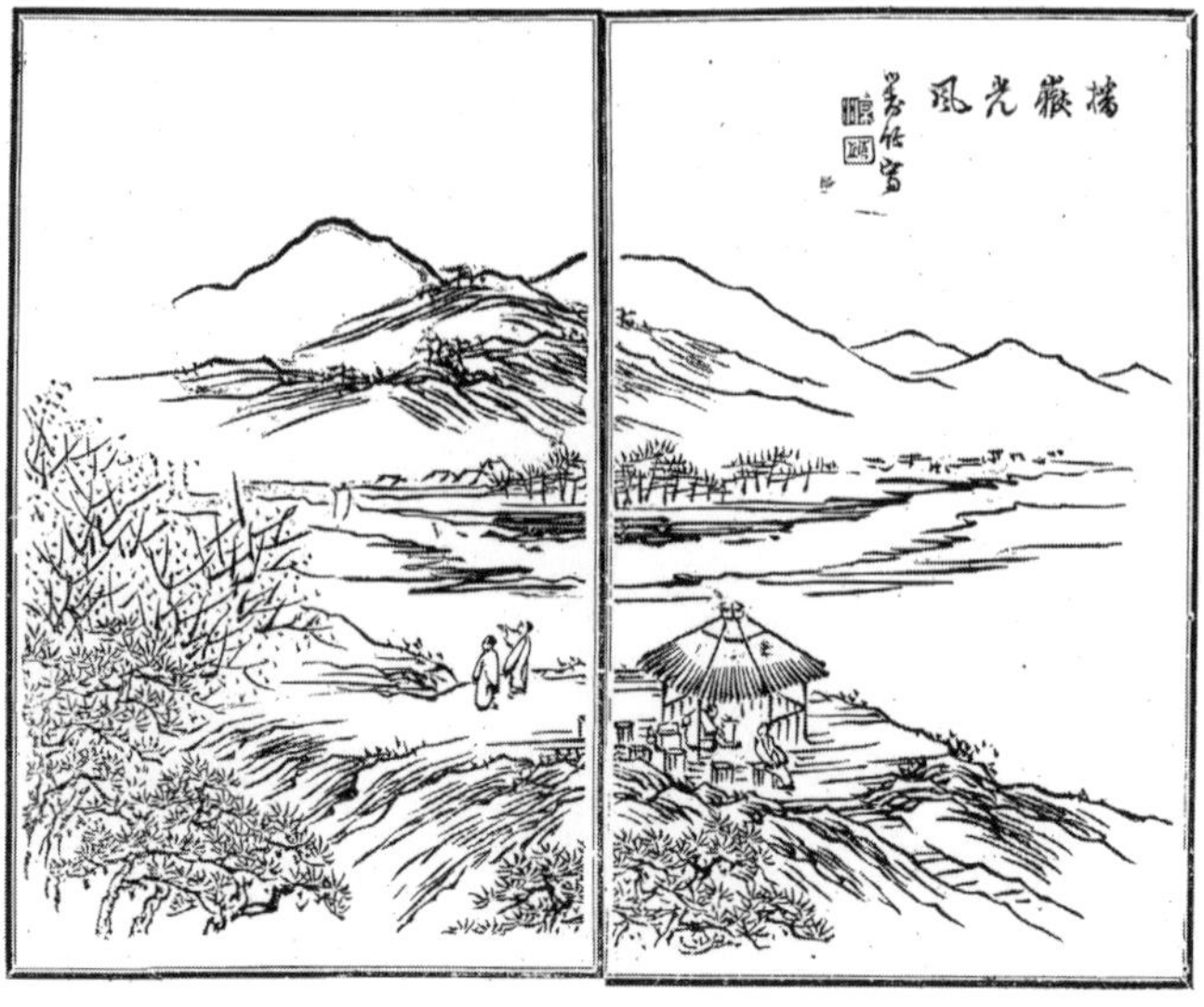

青谿絶賞

した。

『日の出新聞』明治三十三年の記事には、青谷梅林はすでに「踵《きびす》を接するほど」に観梅客で賑わっていたと紹介されています。

また、『日の出新聞』の文芸欄には、明治三十年代以降、季節には青谷観梅の詩や歌が投稿されるようになりました。漢詩の選者の福原周峰は、「そもそも近畿で梅花の多いところは、青谷を第一とする。月ヶ瀬と比べるならば、伯仲《はくちゅう》の間にあると言えよう」と記しています。（明治三六年三月三〇日『日の出新聞』原文は漢文）

明治三六年、京都探勝会が発行した『勝区探遊　花暦春の巻』は、全国の花の名所、梅一三三か所・桃二一か所・桜二九六か所を紹介した冊子ですが、月ヶ瀬・伏見桃山・太宰府・水戸と並んで、青谷梅林に最も多くの字数を費やしています。青谷の各所を紹介し、「梅樹の数五万余株、盛花の時は山も谷も雪に埋るが如し」と梅林の壮観を称えています。さらに、冊子の裏表紙には「青谷全図」と題して青谷梅林の絵地図や歌が載せられており、新たに観光地として名乗りを上げた青谷梅林を、紹介しようという意図があったものと思われます。

このように、青谷梅林は明治三〇年代に、観梅地として世に顕れるようになったのですが、明治四一年発行『綴喜郡誌』は、

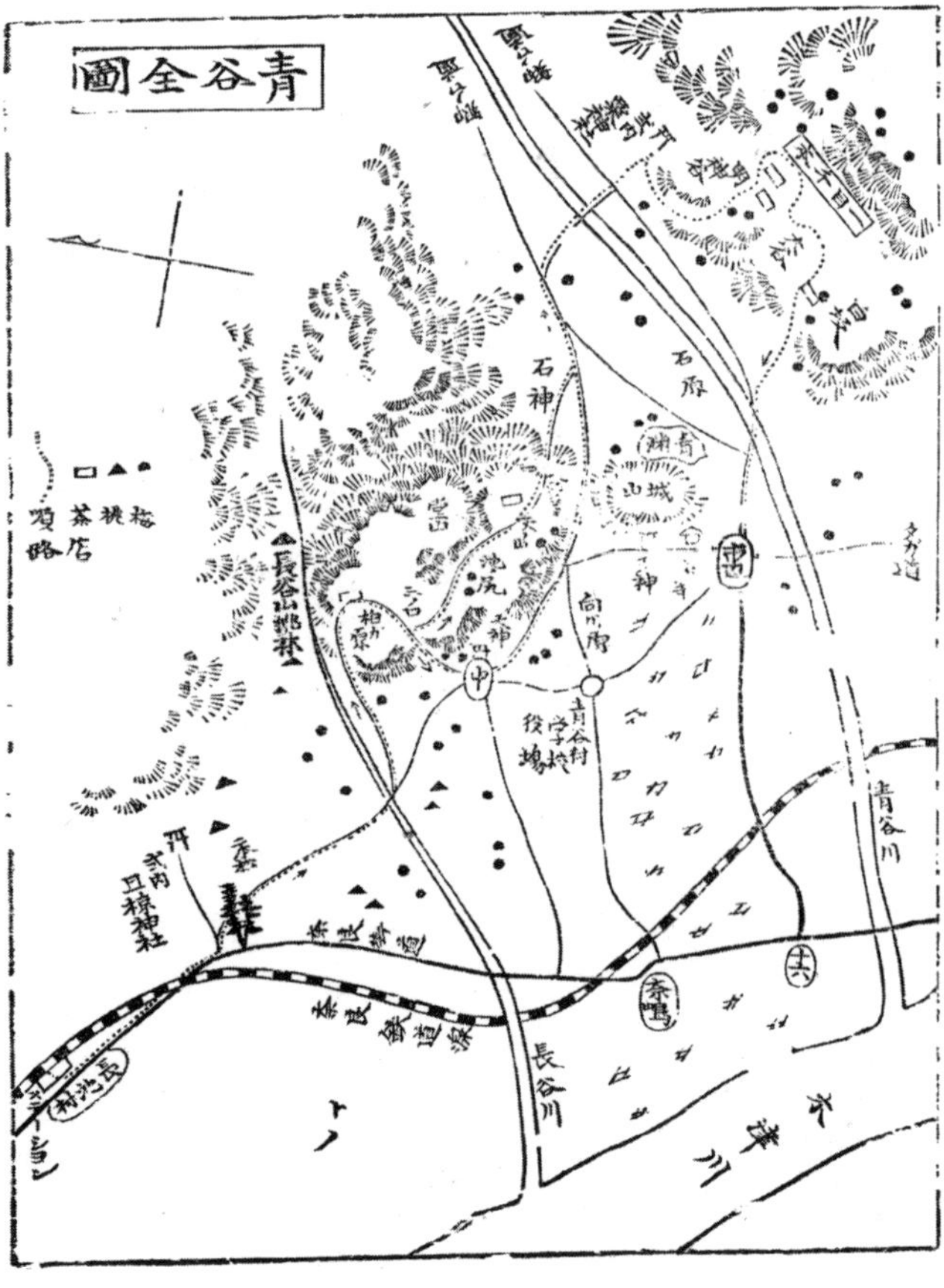

舟木宗治編『花暦春の巻』（京都探勝会）

（青谷梅林へ）文人墨客の杖を曳くもの年々増加す、明治初年の頃は、其名高からざりしと雖も、近年鉄道の開通と共に世人の知る所となり（　略　）明治三十一年保勝会を設け、今や沿道の一勝区となれり。

と、その間の事情を語っています。

青谷梅林はさらに、全国にその名を知られてゆきます。中央で出版された書物に青谷梅林が載るのは、明治四〇年以降でしょうか。明治四三年刊、田山花袋の『新撰名勝地誌』に、青谷梅林が紹介され、

長池駅の東南十八町青谷村市辺に一大梅林あり。地には他の奇なしと雖も、花時は天地為に白く、芳花四境に満ち、新月ヶ瀬の称あり。長池に下車して来遊するもの多し。

と記しています。小説家の田山花袋は紀行作家としても知られ、

「百聞場梅林」（絵葉書より）

月ヶ瀬梅林を愛した文人でもありました。

この頃以降の名所案内記や鉄道旅行案内には、決まって青谷梅林が記載されるようになり、明治四〇年代には、青谷梅林は、いわば「全国区」の梅の名勝地になったと思われます。

当時、月ヶ瀬梅林は烏梅の不況で梅樹が減少していました。また、和歌山県の南部は明治一九年頃に梅が植えられ、観梅事業は鉄道の駅が設置された昭和六年から始まったというのですから、この頃青谷梅林は全国で最大の梅林であった可能性もあります。

大正一五年には、奈良鉄道に青谷梅林仮停車場（現在のＪＲ山城青谷駅）が設けられました。昭和三年刊、谷口梨花『旅行礼讃』には、仮停車場と乗合自動車の運賃を記し、播磨崎・百軒場・天山・白坂などの青谷梅林の名所を記しています。

これらの案内記を読むと、明治時代から昭和前期の青谷梅林は、今日に比すべくもないほどの広大なものであったことが分かります。今日の梅まつり会場に当る播磨崎を北に、中央の堂山や天山からの眺め、南へ向かって百軒場や青谷川を超えて南の白坂・大谷に至るまで梅林が続いていました。白銀に包まれたような梅林の壮観や、その向こうの木津川に浮かぶ帆船などが、当時の詩歌に詠まれています。

青谷駅から約五〇〇ｍ、観梅道に宵には雪洞が灯され、百軒場には料理屋の桟敷が五軒も一〇軒もでていた、という戦前を知る古老の昔語りの記録もあります。（出島義男氏「写真で見る青谷今昔」）

しかし、太平洋戦争がはじまり激しさを増してゆくにつれ、青谷梅林は衰退に向かいます。食糧難の時代に入ると、食糧増産政策のもと、梅の樹は掘り起こされ、代わりに麦やサツマイモを作り、供出することが強制されました。戦争中に梅林の六割以上の梅樹がおこされ、梅づくりが許されたのは、猪の被害のある山の手だけであったということです。戦局が激しくなると、観光や観梅事業も中止され、青谷梅林を訪れる人も稀になりました。

青谷梅林と観梅事業の復興は、戦後を待たなければなりませんでした。

② **満ちみちて　梅咲ける野の　見えわたる　高丘は吹く　風が匂ひつ**

この歌が詠まれたのは、戦後食糧事情が安定し、青谷に梅づくりが再開されたころです。

上田三四二が青谷の国立京都療養所に赴任したのは、昭和二七年九月、数え年三〇歳の秋でした。

青谷赴任以前の上田三四二は、胸に結核の病巣を抱えつつ、学位取得のため、大学病院で日々研究に刻苦する医学

青谷時代の上田三四二

徒でした。すでに妻子を持ち、無給の研究生活は続けられず、夜間は定時制高校に勤務していました。この頃の生活を三四二は、「困難な研究と、傍業としての夜学のために一刻も心の落着を得なかった」と述懐しています。（『黙契』）さらに、医学に性向の合わない己に悩み、一方で、医学修行の貴重な時期に短歌に惹《ひ》かれ、それを学ぶことへの自責の念を抱いてゆきます。

こうして心身に無理を重ねた故か、血痰を吐いたため研究を挫折し、ひと夏を丹後由良の結核療養所で過ごします。そして、「学究的な医師」になることを断念し、いわば挫折を経て、青谷の国立京都療養所へ赴任したのでした。

つきつめて　なに願ふ朝ぞ　昨日《きぞ》の雨に　濡れてつめたき　靴はきゐたり

落日の　さびしきかたに　ゆきむかふ　いつの日こころ　安らかならむ

しづかなる　生《いき》をねがひて　秋づける　山々息《いこ》ふ　青谷に来ぬ

一首目・二首目は、研究生活時代の歌。三首目は青谷赴任時の歌です。この頃の上田三四二の心のあり様がうかがわれます。

青谷に赴任した上田三四二は、比較的閑暇に恵まれ、静かな環境の中で、文学活動にも勤しんでゆきました。先に述べたごとく、②の歌は上田三四二が青谷に赴任して初めて迎えた昭和二八年の春に詠まれたものです。

② 満ちみちて　梅咲ける野の　見えわたる　高丘は吹く　風が匂ひつ

上田三四二が立つ「高丘」は、療養所のすぐ北西にある「天山《てんやま》」と呼ばれる山です。『青谷村誌』によると天山は海抜一〇四メートル、明治期以来の観梅の名所であり、天山からの眺めを詠んだ詩歌も多く残されています。また天山は、青谷の人々が柴や茸を採りに入る、地域の人々の生活とともにある山でした。

『青谷小学校百年誌』を見ると、小学校時代に天山に登ったことを回想する文章が多く寄せられています。青谷療養所の人たちにとっても天山は親しい山で、見舞いに来た人を連れて登ったり、デートを楽しむ処でもあったようです。上田三四二をよく知る元看護師さんは、「遊びに行くといえば天山でした。あの眺めは素晴らしかった」と話して下さいました。当時の天山の写真を一葉いただきましたが、頂上にはベンチが置いてあり、男性患者と看護師が仲良く笑い合っています。

上田三四二は天山の頂《いただき》に立ち、おそらく南を向いているでしょう。天山の南側には国道三〇七号に沿って青谷川が流れ、その南の山の斜面は、大谷・白坂の梅林が広がっていました。大谷は青谷梅林の「一目千本」、白坂は青谷梅林のなかでも梅の最も多いところで、山麓から山の頂上まで梅が植えられており、一面真っ白であったということです。

上田三四二は、天山のいただきに立ち、春風の運ぶ梅の香りを吸い込みながら、梅林を眺めています。天山から見渡す南の野は広々として、一面に梅が咲き続き、頂上に吹きくる風は梅の香りを運んできます。「梅が匂ひつ」に作者の詠嘆が込められますが、昭和二八年は上田三四二が初めて青谷で梅の季節を迎えた年、みごとな梅林に対する感動は、並々のものではなかったでしょう。

歌は、昭和二〇年代後半の天山からの梅林

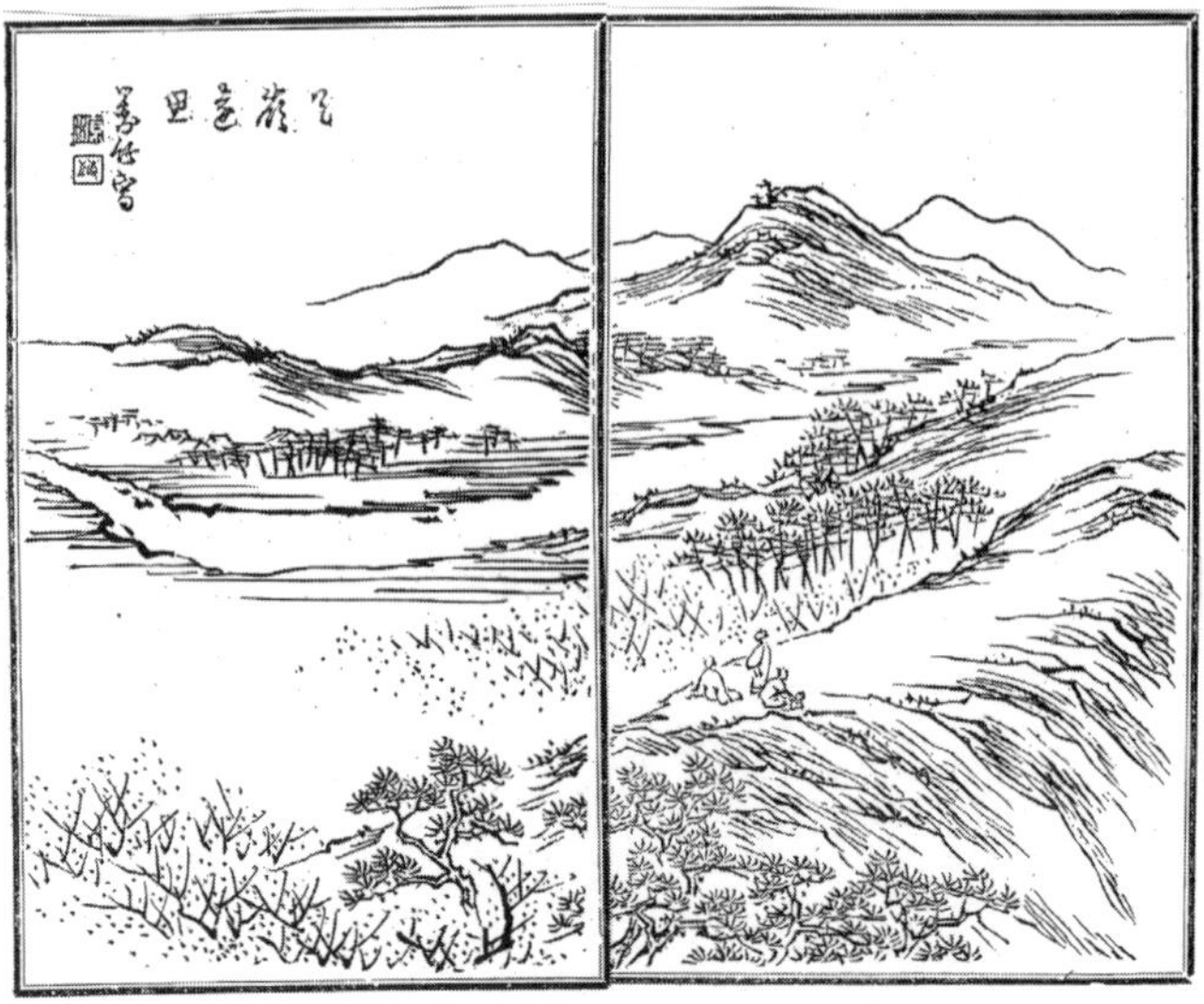

天山(『青谿絶賞』)

の眺望を永遠に留めた、私たちにとって貴重な一首です。またそれと共に、療養所に関わる人々に、天山とそれにまつわる思い出を、懐かしく喚起させる歌でもあると思います。

上田三四二に「丘の思想」と題する文章があります。（『私の人生手帖』）それによると、丘にはやさしいあこがれがあり、仰ぎ見るものではなく登るべきものである。続いて、

丘は日常と非日常とのさかいめ、ケとハレのはざまにあって、人の心をハレに向かって開放する。

とあります。上田三四二晩年の文章ですが、ここには上田三四二自身の、天山へ登ったときの思い出が込められているのではないでしょうか。天山は、療養所の患者とそこに勤務する人々にとって、まさに、日常からハレに向かって心を開放する「高丘」でありました。

上田三四二は、青谷で過ごした一〇年の間に、次第に中央の文壇に名が知られるまでになってゆきました。

昭和三〇年第一歌集『黙契』刊行、昭和三四年『アララギの病歌人』刊行。そうして、昭和三六年、数え年三九歳のときに、評論「斎藤茂吉」と小説「逆縁」が、『群像』新人文学賞を同時に受賞しました。それを機に上田三四二は、文学を生涯の真剣なはかりごとにしようと思い、青谷を離れて東京

に出たのです。
歌人上田三四二は、青谷で誕生したと言って過言でないでしょう。

梅の咲く　サナトリウムみゆ　恋ほしさの　時間の綱を引けば開《ひら》けて

第五歌集『遊行』所収、五六歳の作。この歌を引用して、上田三四二は、次のように青谷時代を回想しています。

療養所の中には歌をつくる人も多く、その環境は、楽しかった。晩学の私が曲がりなりにも歌人になることができたのは、そこ――国立京都療養所における十年の生活があったからだ、と思いあたる。(「わが来し方」療養所にて)

療養所時代の上田三四二　西2病棟同僚の看護師と

三、藤原俊成　井手

③　駒とめて　なほ水かはん　山吹の　花の露そふ　井手の玉川

鎌倉時代はじめに成立した、第八番目の勅撰和歌集（後鳥羽院勅）『新古今和歌集』に載る、藤原俊成の歌です。

藤原俊成（一一一四～一二〇四）は平安時代末期の歌人。当代歌壇の中心人物であり、勅撰集には、紀貫之・藤原定家に次いで三番目に多い四四四首の歌が採られています。七番目の勅撰集『千載和歌集』を編纂し、奥深い余情を重んずる「幽玄」を歌の理念として唱えました。やがてそれは、能楽・茶道・連歌など、中世芸術の美の中心理念となってゆきます。『新古今和歌集』や『百人一首』の撰者藤原定家の父親にあたる人です。

藤原俊成は、教科書にも載る『平家物語』「忠度《ただのり》の都落ち」の登場人物としても知られます。寿永二年（一一八三）安徳天皇を奉じて平家が西国に落ちてゆく際、清盛の弟平忠度は、ただ一騎都に引き返し、藤原俊成を訪ねました。忠度は、歌の師である俊成に、やがて戦乱が終わると編纂されるであろう勅撰和歌集に、自身の歌を入れてほしいと歌稿を預けたのです。俊成は忠度の歌道に対する思いに深く感じ、『千載和歌集』に「詠み人知らず」として、忠度の歌を一首入首したという話です。

③の歌は藤原俊成の代表歌のひとつであり、「俊成駒止の画」として絵にも描かれています。井手を詠んだ数多くの歌の中でも、優れた歌としてよく紹介される一首です。

京都と奈良との中間に位置する南山城には、多くの歌枕があります。鷺坂・狛野・柞の森（祝園）・鹿背山・瓶原・平城山などの歌枕として名高い地があり、文学空間として多彩なところです。しかし、そのなかでも、古歌に最も多く詠まれているのは井手でしょう。まだ郷土の文学に関心の無かった学生時代に、八代集を調べていて、井手を詠んだ歌の多いのに驚いたことを思い出します。

奈良時代に成立した『万葉集』に、すでに南山城の歌は多くあり、現井手町域では多賀を詠んだ歌が二首収められています。しかし「井手」の地名を詠みこんだものはありません。

井手を詠んだ歌で、最も古い歌とされるものは、『古今和歌集』の次の一首です。

かはづ鳴く　井手の山吹　散りにけり　花のさかりに　あはましものを

『古今集』巻第二「春歌下」。作者は「詠み人知らず」。「この歌はある人のいはく、橘清友が歌なり」とも注されています。橘清友は、井手を本拠地とし、井手の左大臣と呼ばれた橘諸兄の孫にあたる人物です。「かはず」は清流に住み、美しい声で鳴くことで知られる「河鹿蛙《かじか》」。歌意は、カジカガエルの鳴くこの井手の山吹の花は散ってしまった。そうと知ったらもっと早くにここを訪ねて花の盛りに会いたかったのになあ。

技巧を用いず、いかにも素朴な歌ですが、最初の勅撰和歌集である『古今和歌集』のこの一首によって、和歌における井手のイメージが作られました。

『古今集』以降、井手の歌は数多く詠まれるようになります。八代集（『古今集』から『新古今集』まで、一番目から八番目までの勅撰和歌集）には、井手を詠んだ歌が一五首も載せられていますが、そのなかから何首かを紹介しましょう。

隠沼《かくれぬ》に　忍《しの》びわびぬる　我が身哉　井手のかはづと　成《な》りやしなまし　　忠房朝臣

春深み　井手の河浪　立ち返り　見てこそ行かめ　山吹の花　　源順

あぢきなく　思ひこそやれ　つれづれと　ひとりや井手の　やまぶきの花　　和泉式部

山吹の　花さきにけり　川づなく　井手の里人　いまやとはまし　　藤原基俊

あしびきの　山ぶきの花　ちりにけり　井手のかはづは
今やなくらん　　藤原興国

一首目から順に、『後撰和歌集』・『拾遺和歌集』・『後拾遺和歌集』・『千載和歌集』・『新古今和歌集』にそれぞれ収められている歌です。

歌には、いずれも井手の「山吹」、あるいは「かはづ」が詠まれています。五首目の藤原興国の歌は、前掲の『古今和歌集』の井手の歌を本歌としたものです。

権威ある第一番目の勅撰集『古今和歌集』の影響を受けて、井手は、山吹と蛙の里として、さらには美しく澄んだ玉川の流れる里として、平安時代以降多くの歌に詠まれるようにな

井手の山吹

りました。それは、明治時代になり正岡子規らによって短歌革新運動が起こるまで、およそ千年もの間和歌の伝統として続いたのでした。

井手を詠んだ歌の中からさらに、私たちのよく知る歌人の歌をあげましょう。

色も香も　なつかしきかな　蛙《かはづ》なく　ゐでのわたりの
山吹の花

小野小町の歌です。(『小野小町集』・『新撰拾遺集』所収)「なつかし」は古語では「心ひかれる・慕わしい・好ましい」の意。やはり、蛙と山吹が詠まれています。歌意は、

花の色も香りも心ひかれることだなあ。河鹿蛙の鳴く井手のあたりに咲く山吹の花よ。

小野小町の墓

小野小町は、平安時代初期の歌人。六歌仙の一人として、また、たぐい稀なる美女であったことなどの様々な伝説で、あまりにも有名な歌人です。しかし、その伝記は文献の上に記されておらず、生没年や出自などが一切分かっていません。

この歌は、井手を詠んだ歌のなかでおそらく最もよく知られた歌でしょう。小野小町は晩年井手に住んだと伝えられますが、それは、中世に書かれた『冷泉家流伊勢物語抄』の『伊勢物語』六二段の注に、小町が晩年井手寺別当の妻となったと記されているのを根拠としています。小野小町の墓は全国各地にありますが、小町が晩年に住んだという井手にも、地蔵院の下に立派な小町塚が建てられ、墓碑のもとには小町の歌が歌碑として刻まれています。小町の墓は井手町の名所として紹介され、木谷恭介の推理小説『京都小町塚殺人事件』の舞台ともなっています。

かつて井手町の小学校の運動会に、先生方が小町の歌の書かれたユニフォームを揃えられたと聞きましたが、小町の歌がいかに愛されているかがうかがえる逸話です。

もう一人、花と月の歌人として愛される西行法師の歌をあげましょう。

山吹の　花咲く井手の　里こそは　やしうゐたりと　思はざらなむ

西行（一一一八〜一一九〇）は、平清盛と同い年で、清盛と共に鳥羽院に仕える北面の武士でしたが、二四歳で突如出家し、以後漂泊の旅に生涯を過ごした歌僧です。歌は西行の私家集『山家集』所収。詞書《ことばがき》に「拾遺に山吹を寄す」とあり、歌に「拾遺」の語を詠み込むため、「安（やす）うゐ」とすべきところを「やしうゐ」と表現しています。

歌意は、山吹の咲く井手の里にいる私のことを、心安らかに過ごしていると思わないでほしい、というもの。桜は散りやすく嘆きや無常を誘いますが、山吹は桜のようには散らない。そんな山吹の咲く井手の里にいるので、私がのんびりと過ごしているなどと思わないでほしい、というのです。

西行が桜を求めて、吉野の奥へ奥へと入っていったのはよく知られます。また近くの宇治川の捕魚を見て詠んだ歌もあります。歌枕を求めて諸国を旅した西行は、蛙と山吹の里井手にもきっと実際に訪れたことでしょう。『山家集』には、井手を詠み込んだ次の一首も収められています。

山吹の　花咲く里に　なりぬれば　ここにも井手と　思ほゆるかな

井手の山吹と蛙に関わって、さらに散文も読んでみましょう。鴨長明の歌論『無名抄』に、実際に井手を訪れた人に聞いた話が載せられています。（一七「井手の山吹並びに蛙」）長い話ですので、大意を紹介します。

井手を訪ね、そこに一泊した人は、まず井手の情景、玉川の流れている様が、すばらしいものであったと語り出します。橘諸兄公の旧跡だからもっともなのだが、川に立つ石の並び様も格別な感じがした、というのです。

さて、そこで出会った古老に、「井手といえば山吹が有名ですが、それほど見えないのは、どこにあるのですか?」と訪ねると古老は、「さあ、そのことです。かの井手の大臣(橘諸兄)のお堂は先年焼けましたが、その前におびただしく大きな山吹がむらむらと見えていました。その花は小さな盃ほどの大きさで幾重ともなく重なって咲いておりました。また、井手の川の汀《みぎわ》に沿って山吹が隙間もなく咲き、盛りには黄金の堤をずっと築いた様で、他所にすぐれておりました。どちらを井手の山吹と申すのか、分からないことです。」と答えました。そうして、今あまり山吹がないのは、農民が田を作る肥料にするのに、刈り取ってしまったからだと話しました。

続いて古老は、『井手のかはづ』と申すのこそ、いわれがあるのです。世間の人は蛙をみな、かはづだと思っています。しかし、かはづと申す蛙は、ただこの井手にしかいないのです。色が黒い感じで、それほど大きくはありません。世の常の蛙のように飛び跳ねることもあまりしません。常に水のなかにのみ棲んで、夜が更けるころにかれが鳴いているのは、たいそう心が澄んで、しみじみとしたよい声でございます。春夏の頃、かならずいらっしゃって聞きなされ」と井手の「かはづ」について語りました。

長明はこの話を聞き、心にしみてすばらしいと思ったけれど、井手に行かずに三年も経った、人の数寄と風雅を愛する心は、年月に添えて衰えてゆくものか、と述べてこの文章を結んでいます。

平安末期の井手人の話を残した貴重な記録です。蛙はやはりカジカガエルのこと、山吹は八重山吹かと思われますが、当時は和歌のイメージに相違して、少なくなっていたことが分かります。『方丈記』の作者として知られる鴨長明は、当時は歌人として有名な文化人でした。私歌集に『鴨長明集』があります。逸話を通して、歌人鴨長明が、山吹とかはづの里井手に、慕わしい気持ちを抱いていことが窺えます。

さらに、江戸時代後期に書かれた『百人一首一夕語《ひゃくにんいっしゅひとよがたり》』に、井手の蛙についての逸話があるので紹介しましょう。この書は尾崎雅嘉による『百人一首』の解説書で、他の注釈書と違い、歌の作者にまつわる様々なエピソードを集めているのが特徴です。

井手の話は、能因法師の段にあります。

帯刀の藤原節信という風流を愛する人がいましたが、ある時能因法師にあって互いに意気投合し、非常に喜びました。そこで能因は、はじめて会った引き出物にと、懐から錦の袋を取り出しました。中には鉋屑《かんなくず》が一筋あります。能因はそれを見せて、「これは長柄《ながら》の橋をつくったときの鉋屑です。わたしはこれを長年宝のごとく愛してきましたが、今日、あなたのために取り出したのです」と言いました。すると節信は大いに喜んで、彼もまた懐から紙に包んだものを出しました。能因が受け取って開いてみると、蛙の干ぼしが出てきました。節信が、「これはこれ、井手の蛙でございます」というと、相共に珍しがって、喜びを尽くして別れたということです。

「長柄の橋」は現在の大阪にあったと言われる歌枕です。面白い逸話で、最後の一文まで読んで、思わず笑ってしまいます。

藤原節信は、古来和歌に詠まれてきた井手のかはづの干ぼしを、宝物として秘蔵し、それを見た歌の名人能因法師も喜びを尽くしたというのです。話自体は江戸時代になってから作られたものでしょうが、蛙の干ぼしを通して、和歌世界における井手の位置、井手に対する文人の憧れが窺える逸話です。

井手に関わる古典文学作品は、枚挙に暇がありません。山吹とかはづ以外の作品も読んでみましょう。よく知られたものの一つに『大和物語』一六九段の話があります。これも、大意を記しましょう。

「昔、内舎人《うどねり》であった男が、勅使として大三輪神社に向かった。井手というあたりで、女や子どもたちが出て見ていたが、中に小ぎれいな女がかわいい子を抱いていた。男は目を留めて呼び寄せた。近くで見ると大変愛らしい子だったので、男が言うには、『決して他の男と会ってはいけません。私と結婚なさい。大きくなられるころに参りましょう。』そして男は、形見に帯を解き、手紙に引き結んで女の子に与えて、去っていった。この子は六・七歳ほどだった。この男は色好みなのでこんなことを言ったのだった。これを女の子は忘れずに思って男を待っていた。

かくて七・八年ほど経って、男が同じ使者になって、大和へ行くというので井手のあたりに宿ると、前に井戸がある。そこで水をくむ女たちが言うことには……。」

いい場面を迎えようとしますが、話はここで終わっています。後半部分が散逸したのか、意識的に省略した、いわゆる「断章説話」なのか、さまざまに言われています。また、『大和物語』は、『伊勢物語』に続く、平安時代の歌物語の代表作品ですが、(『伊勢物語』にも井手の話があります) 歌が詠まれていないのは、この段のみです。

『大和物語』のこの話は「井手の下帯説話」として有名になりました。話の内容と結末が分からないことが文人の心を刺激したのでしょう。藤原定家『拾遺愚草員外』の、

道のべの　井手の下帯　ひき結び　忘れはつらし　初草の恋

など、和歌の題材としても詠まれるようになりました。また、江戸時代には、男と女の子がめでたく結婚するという下帯の物語も、いくつか作られました。(増穂残口『艶道通鑑』など)

井手は京都と大和との往還の地、多くの文人や武将が訪れ、通り過ぎました。澄んだ玉川と畔に山吹の咲く美しい里に、旅人は心惹かれたことでしょう。紹介したものの他にも、平安時代の『源氏物

語』や『更級日記』などの女流文学、中世の『平家物語』・『太平記』などの軍記物語、江戸時代の芭蕉や蕪村の句に至るまで、井手の地は、様々なジャンルの文学作品に多彩に描かれてきたのです。

それら多くの文学作品のなかで、藤原俊成の『新古今和歌集』の歌は、井手を詠んだ代表的な作品として記憶されるものです。

③　駒とめて　なほ水かはん　山吹の　花の露そふ　井手の玉川

「かふ」は「飼ふ」で馬に水を飲ませる意。「そふ」は「添ふ」です。一首は、

馬を止めてもっと水を飲ませよう。山吹の花の露が落ちて添い加わった井手の玉川の水を

という意味です。

旅の途中にある作者が、山吹の咲く井手の玉川の美しさに心惹かれて、立ち去りかねているというのです。玉川の澄んだ流れに、山吹の花の露が落ちて添い加わり、いっそう清らかに流れています。それを惜しみつつ眺める、貴公子の姿。印象鮮やかで、まるで一幅の絵画を見ているような美しい歌

です。「花の露そふ」が一首の眼目でしょうか。俊成はこの時七六・七歳であったというのですから、詩人とはなんとみずみずしい感性をもっているものかと、感服します。

『新古今和歌集』は絵画的であるというのが、歌集の特徴のひとつです。俊成の一首は、「俊成駒止の画」として絵にも描かれて、歌枕井手の名をいっそう高からしめました。


現在の、井手の玉川のほとりを歩きましょう。玉川は、箏曲「六玉川《むたまがわ》」にあるように、山城井手のほかに、近江野路・摂津三島・武蔵調布・陸奥野田・紀伊高野と、併せて六つの玉川がありますが、井手の玉川は、歌枕として筆頭にあげられます。

玉川は、JR玉水駅を降りると、すぐ南を流れています。また、木津川沿いの国道二四号を、車を駆って井手町域に入ると、東側に見え、川はそのまま国道を潜って木津川に流れ込んでいます。玉川の下流は、南山城に特有の天井川になっています。

現在の玉川は、桜の名所として春には多くの人で賑わいます。桜は昭和二八年の南山城水害の後、玉川に堤を築くとともに桜を植樹したのがはじまりで、現在五〇〇樹を越える桜が、両岸に続いています。はじめて案内した人は感嘆されるほどみごとな桜で、おそらく南山城で、一番桜の多い場所ではないでしょうか。そうして、ちょうど桜の季節に、やはり玉川沿いに、桜の下に黄色く咲いているのが一重山吹の花です。

しばらく、桜の季節の玉川沿いを歩きましょう。

桜は玉川の両岸に連なりますが、下流から左岸を上流に向かって歩くのがよいでしょう。休日は大勢の人でにぎわい、夜にはライトアップもされています。ところどころに井手を詠んだ歌や俳句が掛けてあります。桜を見ながらゆっくり歩くと、約二〇分もの間桜並木が続きます。やがて右手に宮本水車旧址の見える橋本橋を左折して渡り、玉川を離れて田圃のなかの小道を北に歩いてゆきます。約三五〇メートルで小町塚に着きます。

小町塚から急な坂を登ると「桜の地蔵院」で知られる、曹洞宗のお寺地蔵院に至ります。樹齢二八〇年の枝垂れ桜がみごとですが、そこからの景色は素晴らしいものです。木津川の流れ、井手・木津・精華・京田辺の町々が俯瞰でき、遥かに生駒山・奈良山が見渡せます。

山吹咲く井手の玉川

桜が散って一週間くらい経つと、八重の山吹が咲きます。井手町保勝会の方に育てられ、山吹も玉川の両岸にずっと咲き続いています。私は、ゴールデンウィークの少し前、玉川沿いに八重山吹が一面に咲く季節に、井手を訪れます。八重山吹の季節は静かで、訪れる人は多くはありません。魚捕りに来た家族連れや、リュックを背負って玉川沿いを歩く人、なかには山吹の花をカメラに収めている人の姿などを、たまに見かけるくらいです。

カジカガエルは生息しませんが、井手の玉川は、歌枕山吹の里にふさわしい景観を備えています。古歌の世界を思いつつ、山吹の咲く玉川沿いを散策するのは、南山城の春の楽しみのひとつです。

井手の文学を紹介した書物としては、まず、井手町史編集員会『日本文学にあらわれた井手町』があげられます。万葉の時代から江戸時代まで、あらゆるジャンルにわたって井手町域の文学作品を渉猟し紹介してあります。歌枕の場所の探求や古老への聞き取りなども記された、貴重な書物です。元城南高校教諭池田勇氏による、地道で丹念な研究の結実されたものです。

和歌をより深く味わいたい読者には、地元井手在住の小川榮太郎氏著『井手百首』(新進堂)がお薦めです。今に残る井手の和歌約三七〇首(小川氏談)の一首一首について、解釈し、その作者について記した書物です。大判で見やすく、一頁毎に井手の写真や絵が挿まれ、分かりやすく解説されています。この書も長年の調査による御労作で、令和元年一一月に第4巻が上梓されました。

四、田山花袋・谷崎潤一郎　月ヶ瀬梅渓

南山城に境を接する奈良市月ヶ瀬は、梅の名勝として知られたところです。

④　月の瀬の　梅もあれども　なつかしき　名張少女を　いつかまた見ん

⑤　わが宿の　梅のさかりを　よそにして　訪ねてぞ来し　月ヶ瀬の里

小説家の詠んだ、珍しい歌を二首あげてみました。
④は田山花袋の小説『名張少女』の冒頭に記された歌、⑤は谷崎潤一郎の歌集『谷崎潤一郎家集』所収の一首です。
田山花袋（一八七二〜一九三〇）は、自己の私生活を赤裸々に暴露した「蒲団」（一九〇七）によって、島崎藤村と共に、日本の自然主義文学の先駆けとなった作家です。「田舎教師」「一兵卒」などの小説のほかに、『南船北馬』『日本一周』など多くの旅行記を書き、紀行作家としても活躍しました。

谷崎潤一郎（一八六六〜一九六五）は、耽美《たんび》派の作家で、現代の源氏物語ともいわれる「細雪」をはじめ、「春琴抄」・「刺青」など芸術性の高い作品を多く生み出しました。「蘆刈」は、水無瀬川で男山などを眺めて月見をする主人公が、誘われて巨椋《おぐら》池のほとりを訪れる、南山城を舞台とした、美しい作品です。

著名な二人の小説家の歌によって、月ヶ瀬がいかに多くの文人たちに慕われたかが、うかがわれます。

月ヶ瀬梅林の起源については、村に言い伝えがあります。元弘の変（一三三一）で笠置が落城した際、後醍醐天皇に仕えた園生という姫君が月ヶ瀬に逃れて来ました。村人たちはその人を助け、園生は月ヶ瀬に永住しました。園生は村人たちに烏梅の製法を教え、それが月ヶ瀬梅林の起源になったという伝承です。月ヶ瀬を流れる名張川の右岸、石打地区と尾山地区の間に、園生に因んだ「園生の森」というところがあります。月ヶ瀬の隣村に生まれた私は、それに関わる「姫が森」の伝承を、祖父から聞かされて育ちました。

月ヶ瀬梅渓　尾山観梅道より名張川を望む

月ヶ瀬梅林の文献上での最も古い記録は、江戸時代の寛政年刊に出版された、神沢杜口《かんざわとこう》の随筆『翁草《おきなぐさ》』です。森鷗外の「高瀬舟」の原話の載る随筆ですが、そこに、月ヶ瀬は、尾山・月瀬・長引などの各地域の「その間前後皆梅林にて誠に梅世界といふべし」と記されています。この頃すでに、月ヶ瀬には非常に多くの梅が植えられていたのが分かります。

しかし、月ヶ瀬梅林は山間の僻地ゆえに、あまり人々に知られていませんでした。

月ヶ瀬梅林が世に知られるようになったのは、嘉永年間に出版された、斉藤拙堂《せつどう》の『月瀬記勝《つきせきしょう》』がきっかけでした。斉藤拙堂は、津の藤堂藩の儒者で文人、『月瀬記勝』は、文政一三年（一八三〇）に拙堂が月ヶ瀬に観梅したのを機に書かれました。乾・坤二巻からなり、乾の巻は、拙堂の月ヶ瀬紀行文と弟子の宮崎子達《したつ》の梅渓画・拙堂の詩、坤の巻は、頼山陽《らいさんよう》・梁川星巌《やながわせいがん》・中島棕隠《なかじまそういん》・篠崎小竹《しのざきしょうちく》など当代一流の漢詩人たちの観梅詩を収めたものです。実にこの書が世に読まれ、文人の月ヶ瀬への憧れをかき立て、遊情を引き、月ヶ瀬は一躍天下

『月瀬記勝』

第一の梅の名勝となったのでした。

『月瀬記勝』乾の巻の、拙堂の紀行文「梅谿遊記《ばいけいゆうき》」を読みながら、現在の月ヶ瀬梅林を散策しましょう。「梅谿遊記」は、記一から記九まで九章に記されています。

何《いず》れの地か梅無からん、何れの郷か山水無からん。唯《ただ》和州の梅渓のみ、花山水を挟みて奇、山水花を得て麗、天下の絶勝為《た》り。（原文は漢文）

「梅谿遊記」記一の、冒頭の文章です。梅と山水は何処にもあるけれども、月ヶ瀬は梅花と風景の美を兼ね備えており、天下の絶勝である、と書き出します。

続いて、月ヶ瀬梅林の歴史と概略が記され、そのなかに、月ヶ瀬梅林とは、石打《いしうち》・尾山《おやま》・長引《ながひき》・桃《もも》香野《がの》・月瀬《つきせ》・嵩《だけ》・獺瀬《おそせ》・広瀬《ひろせ》・白樫《しらかせ》・治田《はった》などの、およそ一〇村から形成されると紹介します。これらの村は現在も地名として残るので、当時の月ヶ瀬梅林の広大な様がうかがえます。

文政一三年（一八三〇）、斎藤拙堂は伊賀に遊んだ際、一〇人ばかりの友人と共に、念願であった月ヶ瀬を訪れました。同行の人は、梁川星巖・紅蘭《こうらん》夫妻、福田半香《はんこう》・宮崎子達《したつ》・服部文稼《ぶんか》などの文人です。梁川星巖は頼山陽と並ぶ江戸末期屈指の漢詩人、妻紅蘭は画家、福田半香は渡辺崋山の高弟で

「華山十哲」にあげられる南画家です。宮崎市達は拙堂の弟子で『月瀬記勝』の八景画の作者、服部文稼《ぶんか》は伊賀上野の儒者でこの度の一行の案内者を務めます。まさに、そうそうたる顔ぶれの、月ヶ瀬観梅行でした。

一行は、午後三時過ぎに伊賀上野を出発し、白樫・石打を通って尾山に着きました。辺り一面に梅が咲いていて、心躍ります。当日の宿「三学院」に休憩し、それから一目千本の観梅に出かけました。三学院は寺に準ずる修験行者の為の大院であったらしく、尾山の旧家でした。尾山のほぼ峰の上に位置し、多くの文人たちが宿泊したところです。跡地は先年まで料理旅館「万龍」として営業していましたが、現在は月ヶ瀬に働きに来る人たちのシェア・ハウスとなっています。尾山の尾根道を歩くとすぐ場所が分かり、かつての三学院の面影を偲ぶことができます。

記二は、夕暮れの「一目千本」観梅です。

拙堂の着いた尾山は、名張川右岸の川に臨む集落です。現在も、JR関西本線月ヶ瀬口駅からバスやハイキングで観梅に向かう人は、尾山のバス停に着き、そこから観梅道を、天神社にむかって歩きます。

三学院に着いた拙堂一行は、文稼に導かれて前の崖を下り、大きな谷に至りました。「一目千本」と呼ばれる谷です。曲がった径《こみち》を上ると、花が径を挟み白雲を踏んでいるかのよう、山巓から眺めると花が真っ白に広がり、渓山に美しく照り映えていました。

拙堂はその眺めに感嘆し、他の花の名所と比べます。吉野は花は多かったがこれほどの美しい景色はなかった、嵐山は景色は佳かったが花はここほどみごとではなかった。さらに中国の梅の名所を三カ所あげ、ただ羅浮の梅花村のみがこれに匹敵すると、尾山一目千本の眺めを讃えています。

やがて日が暮れ、多くの花々が靄に隠れます。暗きに漂う梅の香りが強く襲い、谷川の流れが近く、かつ大きく聞こえました。辺りが見えなくなったので、一行は宿に帰りました。

一目千本は、現在月瀬橋畔の月ヶ瀬観光協会から車道を行ったすぐのところ、旅館「浴花亭」跡の、前の急峻にありました。浴花亭前の「名勝月ヶ瀬梅林」石碑のところを上る細道を「代官坂」と呼びます。その道を登ってゆくとすぐ横手にある谷が、かつて一目千本と呼ばれたところです。当時は、峰から名張川に至るまで、谷を梅が埋め尽くしていたということです。拙堂一行は、代官坂を上りつつ、一目千本の梅を見たものと思います。

羅浮は、中国広東省の山。『龍城録』の、男が梅の精である芳香を放つ美人に出会ったという故事で知られる、梅の名所です。

記一のさいごのところを読むと、私は、梅農家の方が話してくださったことを思い出します。梅畑を眺めて「夕暮れになると、梅がふっと匂いますな」と言われました。暗香という語がありますが、辺りが薄暗くなる頃から、なぜか梅は強く香るもののようです。

記三は、月夜の梅渓を描写します。津に住んだ斎藤拙堂は、平生から月ヶ瀬梅渓の月夜の美を想っていました。しかし満月と梅の開花の時期がうまく合わず、七・八年も待って、ようやく文政二年の旧暦二月一八日、望後三日に月ヶ瀬を訪れたのでした。月ヶ瀬は寒い地なので開花を危ぶんでいましたが、花は七八分も咲いており、望外の喜びを覚えます。

しかし、日が落ちて黒雲が空を覆いました。拙堂一行は失望して、三学院にて酒を飲み、詩画を作って憂さを晴らしていました。

すると突然、宿の人が「雲が破れ月が出ました」と知らせます。一行は「驚喜して狂せんと欲し、盞《さかずき》を捨て」て宿を走り出ました。

拙堂一行は歩いて真福寺に到りました。月夜の梅渓の描写は、名文「梅谿遊記」のなかでも白眉とされ、かつては漢文の教科書にも載せられていたくだりです。今の私たちにはむつかしい文章ですが、書き下し文をそのままあげ、口語訳を試みます。

時将《まさ》に二更にならんとす。月色晴朗《げつしよくせいろう》たり。歩《ほ》して真福寺に抵《いた》る。枝枝《しし》月を帯《お》び玲瓏透徹《れいろうとうてつ》、影《かげ》尽《ことごと》く横斜《おうしや》、宝鈿玉釵錯落《ほうでんぎよくさくらく》して地に満《み》つ。水其《そ》の下を流れ、鏘然《しようぜん》として声有り。人境に非《あら》ざるかと覚《おぼ》ゆ。
岸に傍《そ》いて西行し、前に月瀬《つきせ》を望めば、水清くして寒玉《かんぎょく》のごとく、月影を漾《ただよ》わし蹙《せま》りて銀鱗《ぎんりん》を作《な》す。而《しか》して両山の花、其《そ》の上に倒蘸《とうさん》し隠約《いんやく》として見るべし。一《ひと》たび中流に棹《さお》さば、山水倶《とも》に動かん。我が平生《へいぜい》の願是《ここ》に至りて酬《むく》わる。

時刻は午後一〇時頃になろうとしている。月の光は清らかに明るい。歩いて真福寺に至った。梅の枝々は月光を帯び玉のように美しく透き通り、横に斜めに影を落とし、金銀珠玉で飾ったかんざしが、入り乱れ地に満ちているようだ。その下を名張川が流れ、玉の鳴るような音を立てている。人の住む世界と思われない。

（谷を下って）岸に沿って西にゆき、対岸に月瀬を望めば、川の水は清らかで美しい玉のようで、月を浮かべそれが銀鱗のように揺らいでいた。そして両岸の山の梅花が逆さに映り、ぼんやりと見える。もし川の流れに舟をこぎ出したならば、水面の山水もともに動いたであろ

真福寺境内

う。私の平生の願いは、ここに至って報われたのである。

真福寺は、三学院から歩いてすぐのところ、尾山の峰の上にあるお寺です。今も寺の庭から名張川を望むと、斜面に梅が植えられ、観梅道に向かって降りてゆくと一面の梅畑が広がっています。拙堂一行はこの辺りで観梅を楽しみ、それから名張川に向かって谷を下ったのでしょう。

今は観梅道あたりで梅畑は尽きますが、当時は名張川の岸まで、梅が谷を埋めていました。拙堂一行は川岸まで下り、対岸の月瀬を望み、川面に映る月と梅渓に感嘆しました。

さいごの文を「棹ささば」・「動かん」と推量に訓《よ》んだのは、実際に舟に乗ったのではなく、こぎ出したならば、と想像したからです。

拙堂はわざわざ満月の頃に合わせて月ヶ瀬を訪れましたが、江戸・明治期の文人たちは、月夜の梅を愛しました。夜の梅は中国の詩の影響で平安時代からすでに歌に詠まれますが、江戸時代は、宋の林和靖の梅を詠んだ絶唱「山園小梅」が愛

梅渓から真福寺を望む

唱されます。その七言律詩の頷聯《がんれん》（三・四句）、「疎影横斜水清浅《そえいおうしゃみずせいせん》、暗香浮動月黄昏《あんこうふどうつきこうこん》」の詩句が、慣用句のように人々にもてはやされました。

詩句の意味は、梅のまばらな枝は横に斜めに突き出しその下を水が浅く清らかに流れ、たそがれの月の光にひそやかな梅の香が漂う、というもの。引用した「梅谿遊記」の「影尽く横斜」の表現も、この詩句を踏まえています。この林和靖「山園小梅」詩の影響を受けて、江戸・明治期の文人たちは、さかんに月夜の梅を愛でたのです。拙堂は、月ヶ瀬の月夜の梅を観賞し、平生の願いが満たされたと記し、記三を結んでいます。

記四は、雪景色の月ヶ瀬梅渓。

花月の賞を終え宿に帰り、一睡して目覚めると寒さが骨に沁みるようで、見ると障子が非常に白い、戸を開けると雪が三・四寸積もっていました。拙堂らは感嘆して、ふたたび真福寺に行き、昨夜月を見たところに至りました。

渓山は昨日と変わりませんが、赤い崖も青い岩も悉く白玉を積んだように変わっていました。伏しても仰いでもすべて真っ白で、ただ名張川の光る流れのみが深緑の色を増しています。拙堂は「梅渓の清是に於いて極まれり」と感嘆しています。

そして古人の言や詩を引用しつつ雪と梅について評し、この旅ではすでに月夜の梅を堪能し、さらに今雪中の梅の清らかさを鑑賞できた、天はなんと我らに恵みを与えてくれたことか、と結んでいます。

記五。晴れて日が出て、昼近くに雪は消えました。

拙堂一行は、南岸の景色を見ようと思い、一目千本を降りてゆきます。舟が対岸につけてあり、そこが嵩《だけ》の渡しです。

舟を喚んで名張川に浮かびます。山路険しく尾山の梅を見尽くせなかったので、南岸に渡る前に舟を遡《さかのぼ》らせて、まず北岸尾山の梅を川から見ることにしました。

尾山には八つの谷があり、谷ごとに「数百千樹」の梅が植えられていました。初谷は「廠谷《しょうだに》」、第二は「鹿飛《しかとび》」、第三「捜窪《さがしくぼ》」、第四「祝谷《いわいだに》」、第五「菖蒲谷《しょうぶだに》」、第六「杉谷《すぎだに》」、そして第七は前日拙堂が訪れた「一目千本」、第八が「大谷」です。大谷は一目千本と競うほど多くの梅があったということです。

八谷はいずれも数十歩を隔てない近い距離にあります。それぞれに景色を異にし、その勝は言い尽くせません。諸谷の花と前崖の山とが川を挟んで美しく照り映えていました。

舟をこぎゆくと、遙か仙郷に向かうようです。同行の梁川星巌はかつて月ヶ瀬に遊び「梅花も亦自《おのずか》ら僊源《せんげん》に有り」と詠みましたが、まことにその通り。桃花は凡俗で仙境を表すにふさわしくない、世にまことに桃源郷というものがあるならば、月ヶ瀬梅渓の仙趣を加えるべきである。ユートピアを意味する語「桃源郷」の元になったのは、陶淵明の「桃花源記」ですが、拙堂は、淵明に月ヶ瀬の景色を見せられなかったのが惜しまれるというと、傍らの星巌も、深くうなずいたのでした。

嵩の渡しは、今の月瀬橋のところにありました。名張川に橋が架けられたのは明治二六年で、それまでは村の中央を流れる川を、渡し舟で行き来していました。昭和四三年高山ダムが完成し、名張川は月ヶ瀬湖と呼ばれるようになりましたが、当時は速い流れを、舟に乗って観梅を楽しみました。陶淵明の「桃花源記」では、渓を上る漁師が桃樹の満ち満ちる世界に迷い込むのですが、月ヶ瀬を舟で遡る旅人は、まさに桃源郷に誘われる思いがしたことでしょう。

現在の月ヶ瀬観梅は、尾山の観梅道を散策したり、月瀬・桃香野の車道をドライブしたりして楽しみます。尾山では、今は観梅道附近に梅樹があるだけで、その下は雑木に覆われています。拙堂の訪れた頃は、尾山の峰から名張川の岸まで、びっしりと梅が植えられていました。梅に埋められた谷が八つあり、それが尾山八谷です。

尾山八谷の、第七「一目千本」については、記二のところで記しました。他の谷については、尾山をあちこち歩いても、正確な位置の分からないところもあります。明治二六年、地元尾山出身の岡本八谷が著した「月瀬《つきがせ》楳渓《ばいけい》躑躅川《さつきがわ》真景《しんけい》」が、最も正確に尾山八谷を表しています。よく紹介される画で、今でも古書店で見かけます。それを見ると、月瀬橋から尾山に通じる車道（明治二二年完成）の、さらに東側の山の渓が第一「廠谷」です。今はまったく梅の植えられていないところであり、当時の梅渓の広大さがわかります。

明治二〇年代はすでに烏梅の不況で梅樹が減少していた時期でした。拙堂が訪れた江戸末期、尾山八谷は、真景に描かれたそれよりも、さらに多くの梅が植えられていたでしょう。『月瀬記勝』の宮崎子達の梅渓画を見ると、険しい山の渓々に梅が咲き、その間を流れる名張川に舟が浮かんでいます。まさに仙境を思わせるような、月ヶ瀬梅渓の山水です。

記六。尾山諸谷を見終えたので、棹を転じて西に向かいます。南岸には上流から、嵩・月瀬・桃香野の集落があります。

棹を転じるとまだ見なかった北岸の山は険しく、奇巌奇石が群がります。川の流れは速く、舟底を石が激しく

『月瀬記勝』宮崎子達の画

打ち、流れの緩やかなところでは、水が澄み川底が見えます。花が散ると魚がつつきました。

仰ぎ見ると前に桃香野の集落が見えます。地勢は険しく、茅葺きの民家が霞んで、梅花爛漫の間に現れました。その様は美しい宮殿が白雲の中にあるようで、望むことはできてもたどり着くことはできません。

船頭が、この川は夏にはツツジが咲き川が真っ赤に染まる、それで躑躅《さつき》川と呼ぶのだと話します。拙堂は、この谷の奇観はなんと多いことか、それらを一時に見られないのが残念だと、嘆息しました。

記七は、月瀬の山巓から月ヶ瀬梅渓の全景を俯瞰します。

拙堂一行は南岸の嵩《だけ》に着き、舟を降りました。岸の緑竹が梅渓に趣を添えます。西麓の梅も多く、嵩と月瀬の梅が連なり、爛として銀海を為しています。花間

『月瀬記勝』宮崎子達の画

の坂を巡り登ってゆくと、まさにそこが月瀬です。山中の梅に包まれた大石にしばらく休み、さらに登って山巓に到りました。

俯瞰すると、視界が開けて渓山が隠れるところなく現れました。花は山に溢《あふ》れ谷を埋め、見渡す限り真っ白です。大地は白雲のようであり、これこそ梅渓の真の姿を得たものである。拙堂は、月瀬の名だけが天下に顕れているのは、その名が優雅であるのみならず、この絶景の故なのだ、と得心しました。

拙堂一行は、月瀬の総見山《そうみやま》の頂に立ったのでしょう。その名の通り、月ヶ瀬梅渓の全景を見渡すことができます。南岸の嵩・月瀬・桃香野、名張川を挟んで北岸の尾山・長引、渓山に満ち満ちる梅花を一望し、感嘆していています。

また雪が降ってきました。蝶が舞うようで、これも奇観。一行は山を下り、渡しを求めて北岸に還りました。

記八。北岸に着いた一行は、尾山第六谷の杉谷を登ります。見渡すと花は谷を埋んで残雪のようでした。案内者が、もし雪が消えなければ花蕊が凍って、梅が不作になると言います。そこで拙堂は一年の収入について詳しく尋ねました。

案内者が言うには、尾山一村で上熟したならば烏梅二〇〇駄を収穫できる、辺り十余村を合わせれば、中熟で約一四〇〇駄、上熟で二〇〇〇駄、一駄の値は銀九〇銭から一〇〇銭になる、と。拙堂は、この地は土地が痩せているので烏梅を穀物に当てている、梅の実を燻蒸し京都の染物屋に売り、万石を下らない収入を得ているのだと、村の経済について述べています。

当時、備後広島の三原に大梅林がありました。拙堂が三原の梅林について尋ねると、二度遊んだ星巌が答えました、「三原は土地が平坦でここと趣を異にする。花の多さは同じくらいであるが、山水の景勝は月ヶ瀬にはるかに及ばない。」

杉谷をさらに登ると左手に一目千本が見えます。南岸に花の咲く眺めは、月瀬からの景色に劣らず素晴らしいものです。夕陽が差し花が輝き香しい霧が山谷に噴き、正視することができませんでした。

烏梅については、青谷梅林の頁で記しました。梅を燻蒸して作ったもので、当時紅花染めの発色剤として用いられました。一駄は重さの単位で、三二貫（一二〇kg）を言います。馬の背の右に六〇kg、左に六〇kgに分けて荷を積んだので駄と呼びました。烏梅一駄の価格は米七〜八俵に相当したということです。梅の実を烏梅にすると、重さは約二〇%になりました。（『月ヶ瀬村史』）

尾山を含む十余村で烏梅を生産していたと記しています。『月瀬記勝』に附してある「梅花十五村」の地図には、現在の京都府南山城村の田山・高尾も含まれています。当時の紀行文を読むと、確かに、桃香野に隣接する高尾にも梅林が広がっていたことがわかります。江戸後期、烏梅生産の盛況により、月ヶ瀬一帯には広大な梅林が形成されていたのです。

記九は、月ヶ瀬観梅をふりかえります。

二日間、佳き友と「天下無双の勝」に遊び、楽しい時を過ごしました。しかも、雪・月の美を加えてくれた天に、拙堂は感謝します。

夕方三学院を辞し伊賀上野の宿に向かいます。道に迷いやっと官路を得たというのですから、当時の道のさまが想像できます。

翌日、星巌・文稼らと分かれて津に帰宅しました。この旅で拙堂は、七言律詩一〇首を得、友人の詩画も持ち帰りました。それらを壁に貼り、三学院主からもらった梅を花瓶に活けると、清香は数日間部屋に満ち、恍然としてなお梅渓にいるような思いに浸りました。

拙堂は、遊記九篇に宮崎子達の画を添え、まだ月ヶ瀬に遊ばぬ人に示し、月ヶ瀬梅渓が世に顕れることを願うものだと記し、「梅谿遊記」を結んでいます。

拙堂の願い通り、『月瀬記勝』が出版され、それを読んだ文人墨客が月ヶ瀬に憧れ、月ヶ瀬は梅の名勝となりました。『月瀬記勝』は複数の版元から出され、なかには観梅携帯用のポケットサイズのものもあります。旧月ヶ瀬村は、拙堂の功績を顕し、大字月瀬のバス停「月ノ瀬」の近くに「齋藤拙堂碑」を建立しました。それにしても、訓点も施されない漢文と漢詩の本を読んで月ヶ瀬に引かれたという、当時の人々の漢文読解力の深さに、驚くばかりです。

『月瀬記勝』以降の月ヶ瀬紀行文や詩歌については、まさに枚挙にいとまが無いというほど、多くの作品が残されています。

江戸・明治期の多くの月ヶ瀬来遊者のなかから、頼山陽についてのみ記しておきましょう。頼山陽（一七八〇〜一八三二）は江戸後期の文豪で、江戸末期から戦前にかけてベストセラーとなった『日本外史』の著者としてあまりに有名です。拙堂の「梅谿遊記」は、実は山陽の添削を受けて完成したものです。

頼山陽は、天保三年（一八三二）二月二三日に、友人・弟子らと共に月ヶ瀬を訪れ、六首の漢詩を残しています。一首のみ訓読してあげると、

両山相蹙《りょうざんあいせま》って一渓明《いっけいあき》らかなり　路断《みちた》え遊人渡《ゆうじんわたし》を呼《よ》びて行《ゆ》く
水《みず》と梅花《ばいか》と隙地《げきち》を争《あらそ》い　万玉《ばんぎょく》を倒《さかしま》に涵《ひた》して影斜横《かげしゃおう》

山陽の詩は、かつて月瀬橋附近に、詩碑として自然石に刻んでありました。それが高山ダムが作られ川底に沈んでしまい、今は新しい碑が、尾山の天神社傍に建てられています。

頼山陽の月ヶ瀬行については、弟子の関藤藤陰《せきふじとういん》が、「遊月瀬記」に詳述しています。それによると山陽は、京都の自宅から奈良に出て宿泊し、奈良から忍辱山《にんにくせん》を越えて柳生街道を月ヶ瀬へ向かいました。柳生にまた一泊し、現南山城村の高尾を通って月ヶ瀬に来ています。

当時はすでに高尾から始まる梅渓を、名張川に沿って桃香野を経て月瀬に到り、しだいに多くなる梅花と山水の美しさを愛でています。そして月瀬から渡し舟で尾山に渡り、その眺めを「中流に到り、四面を回視すれば、皆花雪《みなかせつ》、しかも際無く、人目を眩転《げんてん》す。蓋《けだ》し一渓最も奇絶の所なり」と讃えています。

「遊月瀬記」にかつて村でよく知られた逸話が記されています。山陽一行が三学院に泊まろうとしたところ、村人の与三平という者が来て、我が家の眺めはこの院に比すべくもなくすばらしいので、自分の家に泊まって欲しいと請うのです。一行は、宿は改められないが、そんなに絶景なら行ってみようと与三平の家に向かいました。川べりの絶壁の道をゆくと、木立に囲まれ谷川の流れるところから、名張川を挟む梅花の大半が見渡せました。与三平の亭は高く突き出て川に臨んでいます。与三平が家に名づけて欲しいと請うので、同行の小石槿園《ていえん》が「萬玉亭《ばんぎょくてい》」と命名しました。

夜、三学院に帰って酒を飲んでいると、また与三平が来て山陽の書を求めました。山陽は承諾しましたが、途端に印のないことに気づきました。同行の林谷は印を彫ることはできるが材がありません。そこでとっさに思い立って、さつまいもに「山陽」の二文字を刻んで、これを落款《らっかん》にしたというのです。

与三兵氏宅は、先年まで子孫の方が住んでおられました。今の尾山の観梅道の入口より上流の岸に位置し、尾山八谷でいうと第二谷の鹿飛谷にあたります。現在その下は杉や檜の山となっており梅は植えられていません。当時は見晴らしもよく、亭から名張川の下流を望むと、両岸の梅が一面に見渡せたのでしょう。山陽の書は、長らく与三平氏の子孫下阪家の家宝として蔵されてきましたが、今は「月ヶ瀬梅の資料館」に収められています。大書された頼山陽独特の雄渾の筆跡に、丸い芋版の印もたしかに押してあります。

斎藤拙堂や頼山陽の詩文の影響を受け、江戸後期以来多くの文人墨客が月ヶ瀬を訪れました。それらを知るには、稲葉長輝《いなばおさてる》著『村のむかし 歴史散歩 月ヶ瀬梅林』（月ヶ瀬観光協会）が推薦すべき書物です。本書は、江戸後期から昭和までの月ヶ瀬に関わる人物とその作品について、詳しく紹介しています。観光会館や梅林の売店で販売しており、月ヶ瀬を知るのに、まず手にすべき必読の書物であると思います。

頼山陽の書

著者の稲葉長輝氏は、旧月ヶ瀬村石打出身で、月ヶ瀬中学校で校長を務めた方です。退職後は郷土史を研究する一方で、月ヶ瀬梅林の発揚に力を注がれました。「石打郷土資料館」の設立や、山陽・拙堂をはじめ佐佐木信綱・種田《たねだ》山頭火《さんとうか》などの文学碑の建立も、多くは氏の貢献によるものです。私も長年にわたり、稲葉先生の御指導を仰いできました。本書には、月ヶ瀬の歴史のほかに、各地域別に名所や史跡が地図を添えて紹介されてあります。地元の郷土史家でなくては書けない、味わい深い著述です。

現在の月ヶ瀬文学散歩で、私が楽しみに訪れるところを紹介しましょう。

まずは、大字月瀬の「騎鶴楼《きかくろう》」です。騎鶴楼は江戸期から続いた旅館で、現在は営業していませんが、宿を訪れた文人墨客の貴重な墨蹟が残ります。江戸後期以来の宿帳の揮毫が、代々の御主人により年代順に整理されており、墨蹟は、扁額や表装にして大切に保存されています。

現当主の窪田良蔵氏はそれらの墨蹟を自らも研究し、梅の季節には墨蹟を展示し、希望者には、書画の解説をしてくださいます。山県有朋《やまがたありとも》・西郷従道《さいごうつぐみち》・谷干城《たにたてわき》など教科書にも載る政治家・軍人、藤井《ふじい》竹外《ちくがい》・奥原晴湖《おくはらせいこ》・野田宇太郎らの文人・画家、依田学海《よだがっかい》・金田一京助らの学者など、まさにそうそうたる人たちの墨蹟が各部屋一面に掛けられています。静かな月瀬の山道をたどり着いて出現するこの別世界に、私はいつも江戸時代にタイムスリップしたような錯覚に陥るのです。

明治三三年、木崎好尚《きざきこうしょう》が友人とともに月ヶ瀬を訪れ、その紀行を大阪毎日新聞に「新月瀬記勝」と題して連載しました。三月五日騎鶴楼に宿泊し、書画帖を見て藤沢南岳《なんがく》を偲んだり、天誅組《てんちゅうぐみ》に加わった伴林光平《ともばやしみつひら》の紀行を称えたりして過ごしています。続いて好尚らも宿の主人に請われ、それぞれに筆を揮ったと記事に書いています。

数年前騎鶴楼を訪れた際に、私は御主人にお願いし、宿帳を見せていただきました。明治三三年を含むのは「騎鶴楼宿帳二十九帖」でした。そこにはまさしく、記事に書かれていた通りの揮毫が残されていました。木崎好尚は「詩人　記者　明治庚子33年　梅花先春」の揮毫、同行の菊池芳文《きくちほうぶん》は笹と魚の絵を、稲野年恒《いなのとしつね》は大きな達磨を描いています。そして歌人の叡運《えいうん》は、

うぐひすの　鳴く音をこめて　たにかげに　梅が香かすむ　月の瀬の里

と達筆で歌を書いています。

「新月瀬記勝」の記述とぴったりと一致する揮毫に、私は感激し、騎鶴楼で木崎好尚らが興にまか

江戸後期以来、多くの文人が宿泊した「騎鶴楼」

せて筆を振るったときの様子が、臨場感を伴って偲ばれました。御主人がわざわざコピーしてくださり、今は私の宝物として大切にしています。

かつて年に一度、月ヶ瀬文学の研究者村田榮三郎氏が騎鶴楼を訪問され、その際には、私も騎鶴楼に伺いました。先生には、文化・文政期より幕末に至るまでの月ヶ瀬の漢詩文をまとめた『江戸後期月瀬観梅漢詩文の研究』(汲古書院)の著書があります。騎鶴楼という古くからの宿で、酒を酌みながら、月ヶ瀬の詩文についてお話を伺えるという、幸せな時間でした。宿をお暇するときに、酔眼に映る庭の梅がまことに美しく、静かで幻想的な月瀬の景色に、やはり梅渓は夜がひときわ美しいと、『月瀬記勝』の拙堂の文章を思い浮かべたものです。

騎鶴楼主人窪田良蔵発行、鈴木望著『騎鶴楼所蔵名家遺墨聚芳』が、平成十八年に上梓されました。著者の鈴木氏は村田榮三郎先生の高弟です。本書は騎鶴楼所蔵の画や詩文を写真で紹介し、一つ一つの作品について、作者や読みを詳しく解説したものです。騎鶴楼の貴重な文化財とその内容を知ることのできる、得がたい書物です。

大字尾山では、尾山の観梅道にあるお店、祝谷「梅古庵」を訪ねます。先代の御主人中西喜祥氏は大正七年生まれ、烏梅を昔ながらの製法で作る、国選文化財保存技術の保持者でした。烏梅が紅花染めの色素定着剤として用いられ、それによって月ヶ瀬や青谷に広大な梅林が形成されたことは、すでにふれた通りです。

中西喜祥氏は、父祖から、天神様をお祀りするつもりで烏梅を作れ、と言われたのを守り、ただひとり、昔ながらの製法で烏梅を作り続けました。烏梅は、今も伝統的な行事の時などに需要があり、例えば東大寺お水取りの、「糊こぼしの椿」を染めるのに用いられています。

梅の季節にお店を訪ねると、中西さんは色々な話をして下さいました。烏梅作りの方法や梅林の歴史や逸話、昔の尾山の暮らしなど、月ヶ瀬の自然とともに農に生きられた人の、得がたいお話でした。尾山八谷を案内していただいたり、時には梅の枝を折ってくださったこともありました。印象に残るお話に、川向こうの嵩で歌われたという、盆踊りの歌詞があります。

嫁にいくとて　尾山へいくな　朝も早《は》よから　梅拾い

烏梅づくりの農作業が歌われています。梅を燻《ふす》べるために、落ちた梅を拾い集めるのは季節の労働です。びっしりと梅が植えられた尾山の険しい谷を、梅を拾いに降り、拾った梅を籠に入れ、また谷を上って作業場に運ぶ、烏梅製造はわずかな期間であり、朝も早くから寝るのを惜しんでの作業であったのでしょう。茶農家に育った私は、製茶時の昼夜分かたぬ生活を思い、「梅拾い」の季節の忙しさを想像しました。中西さんの作業場も尾山の峰の上にあり、お店の「祝谷」は、尾山八谷の第四谷を命名したものです。代々の方が急峻な祝谷を、梅拾いにのぼりくだりされたのでしょう。

烏梅製造の技術は、現在は御子息の中西喜久氏に受け継がれています。烏梅の作業場はお店のすぐ上、ご実家の傍にあります。烏梅作りがはじまるのは、七月初め、半夏生（ハンゲショウ）の頃からです。作業が行われるのは、わずか一〇日くらいの期間で、今では村の伝統産業として、小学生が体験学習に訪れたり、雑誌やテレビで紹介されたりしています。

④　月の瀬の　梅もあれども　なつかしき　名張少女を　いつかまた見ん

⑤　わが宿の　梅のさかりを　よそにして　訪ねてぞ来し　月ヶ瀬の里

冒頭に掲げた二首の歌は、拙堂や山陽が月ヶ瀬を発揚して以来、数多く詠まれた詩歌のなかから、名高い小説家の作を選んだものです。

④の歌は花袋の小説「名張少女」の冒頭に記されたもの。可憐な少女の出身地名張への憧れは、月ヶ瀬に連なるものとして描かれています。「名張少女」に月ヶ瀬は、「絵のやうな村、日本一の梅の名所」と紹介されています。

田山花袋は紀行作家としても優れ、全国各地を旅しましたが、なかでも月ヶ瀬を愛しました。花袋は、「月瀬紀遊《つきせきゆう》」という紀行文を書いて月ヶ瀬を讃えています。

明治三一年、はじめて月ヶ瀬に遊んだ花袋は、長引から尾山へ入り、代官坂を下って月瀬橋を渡り、月瀬に着いて「かぢ屋」、すなわち騎鶴楼に泊まっています。月ヶ瀬は花袋の長年憧れていた地でしたが、想像以上に山は迫り水は清く梅の多いことに驚き、終始感嘆と陶酔の思いを述べています。

> 人々よ、更に思ひめぐらし給へ、この谷、この瀬、この阪路、この絶巓《ぜってん》は、皆悉《ことごと》く梅を以て蔽《おお》はれたりと。残雪のごとく白く、暮雲の如く微なる梅花を以て満たされたりと。梅、梅、梅、見ゆる限りところとして梅ならぬはなし。
>
> 　われは曽《かつ》てこの地を想像したるが、かく山の迫り、水の清く、梅の多き所ならんとは思ひも懸けざりき。

といった調子です。また、

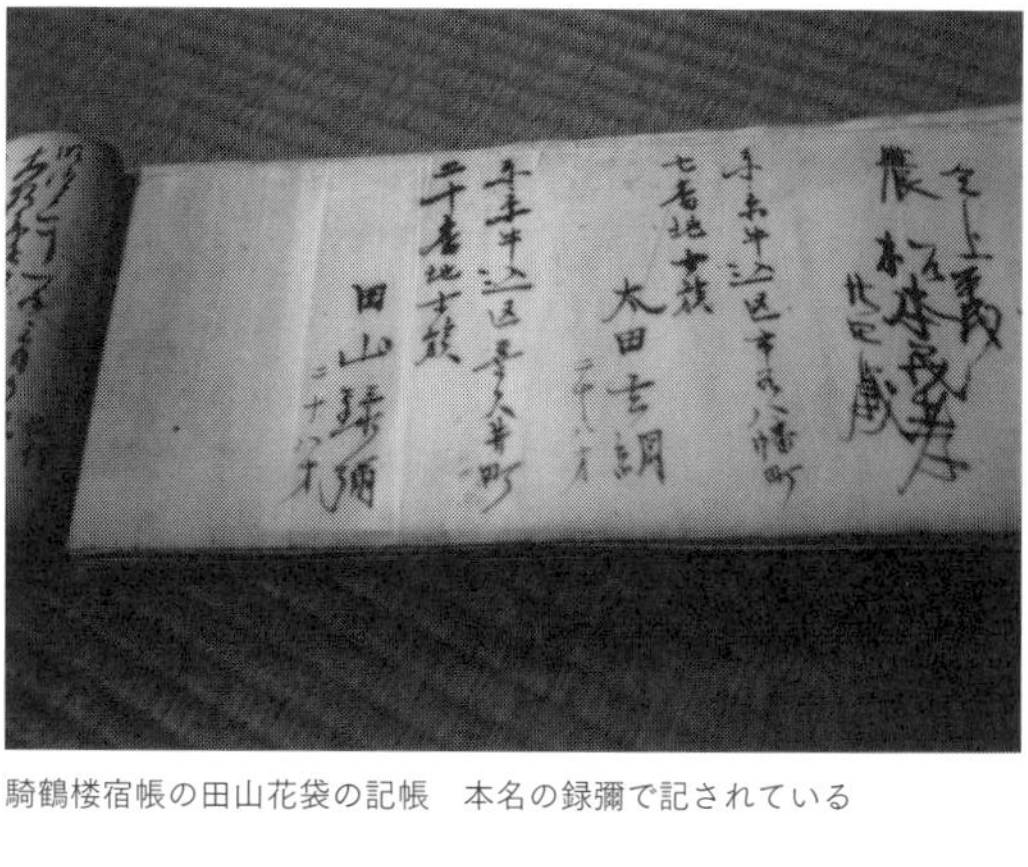

騎鶴楼宿帳の田山花袋の記帳　本名の録彌で記されている

あはれわれは幾年前よりこの月の瀬の梅に接せんことを願ひたりけん。拙堂の文を読み、山陽の詩を誦して、幾度《いくたび》その勝景をわが想像の中に画《えが》きたりけん。

と記しており、花袋もやはり、斎藤拙堂の「梅谿遊紀」や頼山陽の詩（『月瀬記勝』に六首所収）を読み、月ヶ瀬梅渓に憧れを抱いたことが分かります。

⑤の谷崎潤一郎の歌は、大字桃香野の名張川畔の碑に刻まれています。谷崎は月ヶ瀬に何回か遊んでいるということですが、歌は昭和四年に詠まれたものです。

改造社『日本地理体系』近畿編に、⑤の歌を含む「伊賀より月ヶ瀬に遊びて」と題する谷崎潤一郎の文章が載せられています。

名所と言ふものは行つてみるとさほどでもないものが多い。けれど昔から花の吉野と並び称されてゐる月ヶ瀬の梅ばかりはまことにその名に背かない。いつから此処が有名になつたのかはよく知らないが恐らく頼山陽、斎藤拙堂の詩文に依つて一層著聞するやうになつたのであらう。あのさつき川の水を挟んで蜒蜿一里にも余る渓谷に真珠の粒をバラ撒いたやうな万朶の花の香る景色を、私は毎年早春頃になると想ひ出す。今年も行つたし、二三年前にも行つたが、又来る年も来る年も、暇さへあれば何度でも行きたいと思ふ。

いざさらば　こよひは此処に　宿からむ　まだ見ぬ花の　香をしのびつつ

わが宿の　梅のさかりを　よそにして　訪ねてぞ来し　月ヶ瀬の里

谷崎潤一郎もまた、山陽・拙堂の月ヶ瀬詩文の読者であり、いかに月ヶ瀬梅渓を愛していたかが、うかがえる一文です。

五、一条兼良　南山城村大河原

⑥　苔むせる　岩根に松は　大河原　変らざりけり　庭の洲崎に

京都府の最南端に位置する府内唯一の村、南山城村の大河原の景色を詠んだ歌です。作者は室町時代の公卿一条兼良《かねよし》（一四〇二〜一四八一）。一条兼良は、藤原氏五摂家の一条家に生まれ、摂政・関白・太政大臣を歴任し、公卿として当時の最高位についた人でした。また、『源氏物語』の注釈書として名高い『花鳥余情《かちょうよせい》』や『日本書紀』の注釈書『日本書紀纂疏《さんそ》』、将軍足利義尚に治世の心得を説いた『樵談治要《しょうだんちよう》』などを著し、当代の学問・文学の第一人者と称されました。

歌は、文明五年（一四七三）兼良七二歳の美濃紀行「藤河の記」に収められています。応仁の乱を避けて、奈良の興福寺に疎開していた兼良は、美濃の斎藤妙椿《みょうちん》の招きを受けて美濃へ赴いたのでした。

⑥の歌は紀行の帰途に詠まれたものですが、南山城地域の記述がある、奈良を発ったところから引用してみましょう。

さるほどに、二日の明け方に奈良の京を立《たち》て、般若寺坂を越え、梅谷などいひて、人離れ心すごき所ゝを経て、加茂の渡りを過ぎ、三日《みか》の原といふところに輿《こし》を止めて思ひつゞけ侍り。

数《かぞ》ふれば　明日は五月《さつき》の　三日の原　今日まづ奈良の　都出《いで》つゝ

泉川を舟にて渡りて、

渡し舟　棹さすみちに　泉川　今日より旅の　衣かせ山

文明五年（一四七三）五月二日、興福寺を発った一条兼良は、般若寺坂、すなわち奈良坂を越えて、現木津川市の梅谷・高田を通り、おそらく今の恭仁大橋あたりで木津川を渡ったのでしょう。梅谷を「人離れ心すごき（物寂しい）所」と記しています。そして、和束川に沿って北上し、現甲賀市信楽町の朝宮を経て美濃に向かいました。みかの原・泉川・鹿背山という、古来和歌に詠まれた南山城の歌枕を用いて、歌を詠んでいます。

一条兼良が南山城村の大河原を通ったのは、美濃からの帰途、文明五年五月二八日のことでした。

田山越えは川の水いまだ渡りがたかるべしとて、笠置通りに赴く。嶋の原川といふ河を渡りて、

島の原　川瀬の浪の　徒《かち》渡り　田山越えをば　よそになしつる

大河原といふ所は、伊賀と山城との境なり。河原の木石、さながら前栽などを見る如くなれば、

苔むせる　岩根に松は　大河原　変らざりけり　庭の洲崎に

笠置川をば舟にて渡る。

兼良の帰途はちょうど梅雨の季節にあたり、伊賀上野の小田まで来ると、川が増水しているという報を受けます。それで、「田山越え」は渡れないだろうと、今の国道一六三号の旧道に沿う「笠置通り」に赴きました。

田山越えは、現南山城村大字田山を通り、名張川を今の高山大橋の上流、ダム湖に沈んだ広瀬で、高尾へ渡ったのだと思います。田山越えについては、後に近世の紀行文でふれますが、兼良の紀行は、文学作品に田山の地が記された最も早いものでしょう。

島の原　川瀬の浪の　徒《かち》渡り　田山越えをば　よそにな

現在の大河原

しつる

兼良一行は、田山越えを他所に、現伊賀市島ヶ原で木津川を渡りました。当時島ヶ原には橋や渡し舟がなかったのでしょうか、歩いて木津川を渡ったとあります。当時の旅の苦労が思われます。

⑥の大河原の歌については、南山城村に関わる他の文学作品を読んだ後に、改めて鑑賞することにしましょう。

江戸時代の作品では、元禄時代の『茅栗草子《しばくりそうし》』に、南山城村を舞台とする悲話が載せられています。『茅栗草子』は、伊賀一円の昔からの里人談を約六〇話収めた、伊賀のお伽草子ともいうべき書物です。作者は伊賀上野の菊岡如幻《きくおかにょげん》（一六二五～一七〇三）、北村季吟について国学や和歌を学び、松尾芭蕉と並んで「伊賀二翁」と称せられた文人です。

『茅栗草子』を一般向けに紹介した書物に、北出楯夫『伊賀の傳説―「茅栗草子」の世界』（上野印刷株式会社）があります。そのなかにも南山城村の説話が載っていますが、この稿では、めったに見ることのない原文を紹介しましょう。天和二年（一六八二）如幻自筆の影印本（昭和四二・沖森直三郎氏）を、木津川市山城町の渡辺美秀子氏に解読していただき、原文の漢字・送り仮名を一部変えて録しました。

弓ヶ淵は、往古は伊賀にあらはなり。いつの時かは乱れそめけん、山城国大河原の領爾《りようじ》にまかひたり。この渕は勝《すぐ》れてものすさまじく、険山の山の門間《とあい》に渦巻き、水色は碧潭《へきたん》のごとし。

この渕の子細は、昔大和守菅道臣《かみすげのみちおみ》、名張の大領の娘をなん奪ひ取り、島ヶ原の里近き伊賀田といふ所に、しのび住居《すまゐ》して、はや一人の童子を生《まう》け侍《はべ》りぬ。

この事世にあらはになりて、名張領家の輩《ともがら》討手にむかひ、挑み戦ふといへども、道臣かなはずして、弓を提《ひっさ》げて涯岸《がいがん》より深渕に飛び入り、水中にして自害せり。妻子も続いて身を投げ、ともに浪の浮草となんくちはてぬ。

彼らが亡魂、時ぞとも無く、島ヶ原の観音堂に詣《けい》じけるよし、弓が淵といふ謡に更なり。

弓が淵の側に、高師の里とて小保有りと、「永閑ノ記」にもつらねけるに、今は、その里示したる地形もなし。ただ古歌一首のみ残れり。旅宿といふ題にて

旅衣　夢をむすばず　あけぼのの　空にたかしの　さとの松風　　藤原為教

話は弓ヶ淵の地名起源説話です。昔、大和の国司菅《すげ》の道臣《みちおみ》は、名張の郡主の娘を奪い、島ヶ原に近い伊賀田に隠れ住み、子供も一人儲《もう》けていた。しかしこれが世間のうわさにのぼり、名張郡主の追

っ手が差し向けられた。道臣は戦ったがかなわず、弓を引っ提《さ》げて淵に身を投げ、妻子も続いて身を投げて自害した。それでこの淵を「弓が淵」呼ぶようになった、というものです。そうして、彼らの亡霊が島ヶ原の正月堂にお参りに来ることが、「弓ヶ淵」という謡《うたい》にある、と記しています。

弓ヶ淵は、名張川と伊賀川の合流地点夢幻峡の下流から大河原発電所の堰堤《えんてい》辺りまでの、弓なりに曲がった淵をいいます。草子はその様を、「ひどく荒涼としていて、険山に両岸が狭くなった流れに渦が巻き、水の色は碧の淵のようである」と記します。

この辺りは今は堰堤で流れが止められていますが、弓ヶ淵に続いて、かつては川床の岩に妨げられて水が激しく流れていました。明神の滝と名づけられていますが、これは川が奇岩にせかれつつ奔流するのを、滝に見立てて呼んだものです。雄滝・雌滝の名がありますが、これは左岸に掛かる滝で、水は名張川に流れ込んでいます。弓ヶ淵には柳生十兵衛が亡くなった処だという伝説もあります。あたりの鬱蒼とした雰囲気は、これらの伝説を生むにふさわしく、また、険しい

弓ヶ淵の碧潭

山の間を流れる川に岩々が露出する景色は、まさに奇観と呼ぶにふさわしいものです。明治二一年の『日の出新聞』は、笠置から舟に乗って有市の炭酸温泉に遊び、さらに一里余りを遡ると大河原の滝があると紹介し、世俗を避け心気を養うに屈竟の避暑地であると評しています。

南山城村域の、国道百六十三号の旧道に沿った道は、古来奈良方面から東海地方へ通ずる街道でした。江戸時代には大河原に宿駅が設けられ、多くの旅人が往還し、中期以降は伊勢参詣の人々などで賑わいます。松尾芭蕉最後の旅も南山城村域を歩いたでしょうし、貝原益軒・伊能忠敬・清河八郎・吉田松陰などの紀行をみると、大河原を通ったことが分かります。また、大河原の浜は木津川水運の港であり、人や舟を運ぶ舟が往来していました。

江戸時代後期になると、多くの文人が月ヶ瀬や笠置を訪れるようになり、それらの紀行文に、南山城村域の記述が見出せます。

先に見た頼山陽の月ヶ瀬行を記録した関藤藤蔭の「遊月瀬記」にも、高尾・田山の様子が描かれていますが、ここでは松浦武四郎の紀行文「梅嵯峨志《うめさがし》」をあげましょう。

松浦武四郎（一八一八〜一八八八）は、江戸末期から明治にかけての探検家です。蝦夷地を探索し、アイヌの人々と交わり、蝦夷の地理や民俗を記録したことで知られ、明治になり蝦夷を北海道と命名した人物です。

「梅嵯峨志」についても、南山城村域の記述部分を、漢字や送り仮名を一部改めて、原文のままで記しましょう。


　さてこの村（長引）を下り、山間行くこと凡《およ》そ三十丁ばかりにして左右の道あり。是より右は太山村。左は太山の渡し場へ出る。この辺り皆小松林にして、又所々雑樹も有るなり。

　少し行きて白糸ヶ滝へ出る。この所道より左の方澗間《たにま》を見るに一条の瀑布《ばくふ》あり。其の水中程にて二条に分かれて落ちるさま如何にも奇絶なるべし。此処《ここ》下ること九折、凡そ十五六曲にして又梅林に出る。少し越えて太山村。船場。此処両岸に株を立て、縄を張り、くり船渡しとするなり。

『松浦武四郎紀行集（中）』（冨山房）より

越えて少し藪陰を上りて、高尾村。此処は最早山城なるべし。人家凡そ弐十余軒も有るよし。竹藪多くて田畑も少し。然し梅は余程見ゆるなり。凡そ先見積るに凡そ十駄位は出づべき様に覚えける。

梅林の風流に遊び、雅文で綴った月ケ瀬紀行文の多い中に、松浦武四郎の紀行は、いかにもその人らしく、景色を具体的に写し、村人に聞き取って、民俗や生活・産業などを細かく書いています。引用文以外のところで、梅は寛政より文化の初めごろまでは今の半分にも満たなかったが、世の中が驕奢になるに従い多く栽培され、南山城村域の高尾・田山までにも及んだ、と記します。そして太山（田山）村については、「人家七、八十軒斗。田少し。炭焼き多し。（烏梅）十五、六駄位」としています。私の幼いころには、田山には、山に炭窯を持ち、炭を焼く家が多くあったのを思い出します。

茶畑が広がる現在の田山の風景

さて、引用した文は、松浦武四郎が月ケ瀬からの帰途、尾山の宿主梅屋武兵衛の案内で、長引から笠置へ向う件《くだり》です。田山で名張川を高尾へ渡っていますが、その渡し場が一条兼良の紀行文にあった

「田山越え」です。広瀬という所で、今は高山ダム湖に沈みましたが、昭和三〇年代まで渡しがありました。

武四郎はどこを歩いたのでしょう、文章からは読み取れません。長引からは、今の府道月ケ瀬今山線にあたる道を田山に入り、小字上出《かみで》で左折して坂道を登り、峰を越えて名張川に降ってゆくのが、古老に教えていただいた私の知る広瀬への道です。紀行文からはそれが読めず、当時は別の山道があったのでしょうか。

紀行文にある「白糸ヶ滝」と同じ名の滝は、今も掛かります。名張川右岸の道を高山大橋から上流に向かってしばらく歩くと、左手に見えます。釣り人以外には通らない道で、滝を知る人は今ほとんどいません。私も紀行文を読んではじめてその名を知り、田山の古老、故松本保氏に案内していただきました。私が見た「白糸ヶ滝」は小さな滝で、やはり二条に分かれて美しく流れていました。しかし紀行文からはもう少し大きな滝のようにも読め、また長引にあるようにも記されていて、私の知る白糸ヶ滝が、紀行文のそれであるかは判然としません。

高山ダム湖水没前の広瀬集落
（相楽東部広域連合教育委員会　南山城村分室提供）

松浦武四郎が渡河したところは、戦後まで村の人が「広瀬の渡し」と呼んでいたところです。両岸に集落が開け、右岸を田山広瀬、左岸を高尾広瀬といい、水没前は、田山広瀬に八軒、高尾広瀬に七軒の民家がありました。私の母方の祖母が高尾広瀬出身で、「川端《かばた》」と呼んでいたのを記憶します。旧高山村役場が、田山広瀬に置かれていました。

松浦武四郎は、広瀬の渡しについて、両岸に株を立て縄を張り、そこを舟を行かせる「くり舟渡し」であったと記し、挿絵も描いています。

昭和時代の広瀬の渡しも、名張川の両岸を渡したワイヤーロープに繋がれた舟が、川を往復するものでした。松浦武四郎の文と画は、江戸時代から続く昭和の広瀬の情景をも、懐かしく思い起こさせるものです。

近代に入り、月ヶ瀬観梅に南山城村域を通る人は、益々多くなります。村を関西鉄道（現在のＪＲ関西本線）が通り、明治三〇年に大河原停車場が開設されると、京都・大阪方面からの観梅客は、大

昭和の広瀬の渡し（「たやま誌」より）

河原駅で下車して月ヶ瀬に向かいました。（月ヶ瀬口駅の開設は昭和二六年です）

近代の紀行文からは、種田山頭火の「旅日記」を引用しましょう。種田山頭火（一八八二〜一九四〇）は、家庭の不幸を経て出家得度し、各地を行乞放浪しつつ句作した、自由律俳句の代表的な俳人です。

三月廿三日　晴。　うららかな雀のおしゃべり。　早朝出発、乗車、九時大河原駅下車、途中、笠置の山、水、家、すべてが好ましかった。

川を渡船で渡されて、旅は道連れ、快活な若者と女給さんらしい娘さんらといっしょに山を越え山を越える。　山城大和の自然は美しい。　山路は快い、飛行機がまうえを掠める。　母と子が重荷を負うて行く。

二里ばかりで名張川の岐流に沿うて行く、梅がちらほら咲いている。

放浪の俳人種田山頭火が南山城村を旅したのは、昭和一一年のことです。京都から宇治の平等院に遊び、木津に泊まり、月ヶ瀬、伊賀上野へと向かった旅の途中でした。

山頭火は、大河原駅に降りて、渡し舟で対岸に渡っています。渡しは、大河原駅前に今架かる、恋路橋の辺りにありました。対岸に渡り、南大河原から山中の道を行き、高尾の法ヶ平尾を通って、名張川岸の道に出て、月ヶ瀬に向かったようです。高山ダム左岸の山腹を通る今の車道は、まだ開かれていません。

ふだんは愁いの多い行乞の旅をした山頭火でしたが、この旅ではいかにも楽しげです。実際の表記はほぼ一行ごとに改行してあり、まるで詩のようなリズムを持つ旅日記です。大和山城の美しい自然の中を、道連れとなった人とゆく山頭火の、浮き立つような心が伝わるようです。

一日私は、山頭火が木津川を越えて歩いた、南大河原を散策しました。山の麓沿いの、静かな趣を持つ集落です。すぐ傍を木津川が流れ、対岸には童仙房の山がそびえる、美しい景色の山里でした。

山頭火の渡った渡し跡　今は恋路橋がかかる

南山城村を愛した近現代の作家に、近松秋江（一八七六〜一九四四）がいます。近松秋江は田山花袋と並んで、「私小説」の分野を開いた人として文学史に残る作家です。
秋江は、自身の女性関係を赤裸々に描いた「黒髪」・「狂乱」・「旧恋」などに、南山城村を描いています。「狂乱」から引用しましょう。

その大河原というのは関西線の木津川の渓流に臨んだ、山間の一駅で、その辺の山水は私の夙《つと》に最も好んでいる所で、自分の愛する女の先祖の地が、あんな景色のいい処であるかと思うと、いっそうその辺の風景が懐かしい物に思われていたのであった。

雲隠れした愛する女性を、親戚があるという南山城の童仙房に訪ねてゆく場面です。秋江は、主人公の語りを借りて、大河原辺りの風景が、自分の最も愛する風景であると述べています。

いったい木津川の渓谷に沿うた、そこら辺の汽車からの眺望はつとに私の好きな処なので、私は、人に話すことはできないが、しかし、自分の生きているほとんど唯一の事情の縺《もつ》れから、堪《た》えがたい憂いを胸に包みながら、それらの旅客に交って腰を掛けながら、せめても自分の好める窓外の冬景色に目を慰めていた。車室がスチームに暖められているせいか、冬枯れた窓外の山も野も見るからに暖かそうな静かな冬の陽に浴して、渓流に臨んだ雑木林の山には茜色の日影が澱《よど》んで、美しく澄んだ空の表にその山の姿が、はっきり浮いている。間もなく志す大河原駅に来て私は下車した。

主人公は大河原駅を下車して村役場に立ち寄り、女の親類を問い、戸籍簿を調べてもらいます。「狂乱」は作者の体験をそのまま小説にした作品で、秋江は、「前田志う」という女性を訪ねて、実際に南山城村に来たのでした。「近松秋江年譜」（小谷野敦『近松秋江伝』）によると、大正七年に、南山城村大河原一帯で志うを探索しています。

近松秋江は紀行文の名手でもあり、小説以外にも、種々の雑誌に南山城村紀行を載せています。「桜花の賦」（『中央公論』大正一一年）には、

上野から島ヶ原の駅を一つ過ぎると、長いトンネルがあって、それを向こうに出抜けると、もう山城の地になっているのである。そこには詩趣饒《ゆた》かなる木津川が深い山峡から清瀬急潭を成して流れ出ている。それからその木津川奇態百様の渓流に沿うて汽車は笠置の方に向って西するのである。

と描き、また、紀行集『旅こそよけれ』（冨山房）では、「両岸の峰々が削立している間に高尾、広瀬などいう村があって、粗朶などを積んだ小い柴舟が山と山との迫った清瀬に懸っていたりする」と、広瀬・高尾の景色を写し、続いて下流の大河原の渓山の眺めを、関東箱根の北山のごとく粗野散漫で

なく、纏まりのある雅趣に富んだものだと称えます。

関西鉄道の開通以来、島ヶ原から木津までの木津川渓谷に沿った区間は、景色の美しい処として知られるようになりました。わざわざその景色を見るために、汽車に乗る人もあったということです。文人達も汽車からの眺めを文章に綴っており、木津川渓谷は、近代以降新たな文学空間となりました。近松秋江は、その中でも特に南山城村の景色を好み、愛情をこめて様々に南山城村を描写しました。

⑥ 苔むせる　岩根に松は　大河原　変らざりけり　庭の洲崎に

一条兼良の歌にもどりましょう。兼良が大河原を通ったのは、文明五年（一四七三）五月二八日のことでした。歌の前の一文は、「河原の木石、さながら前栽などを見る如くなれば」とありました。「前栽《せんざい》」は、殿舎の庭先に植えた草花や低木、あるいはその庭。すなわち、大河原の木石が、まるで貴族邸の庭のように優雅であるのに触発されて詠んだというのです。一首は、

苔のむした岩に松が生えている大河原の景色は、州崎《すさき》のあるみごとな庭のながめのようであるなあ

といった意味です。「岩根」は大地にしっかりと根を下ろした岩。「州崎」は川や海の土砂が堆積して水中に長く突き出たところをいいますが、りっぱな庭園などに、それを造形した工夫があったのでしょう。

様々に眺めの変化する木津川流域のなかで、大河原の景色は、穏やかで優しい趣を持ちます。近松秋江が「纏まりのある雅趣に富む」と表現したのは、なるほどその通りであると納得します。現在、大河原の「やまなみホール」横から河原に降りる散歩道ができ、私たちは、木津川のほとりに立って大河原の眺めを楽むことができます。

平安朝とそれに続く時代の文人の和歌は、実景を見ずに詠んだものが多いのですが、一条兼良の一首は、今もそのままに残る大河原の風景の趣を、実際に目の当たりにして描写したものです。

大河原橋から下流の大河原を眺む

六、与謝野晶子　木津川

⑦　夕橋に　人はひとりの　秋のいろ　木津川ながう　大和を行くよ

明治三四年のある秋の夕暮れ、与謝野晶子は、泉橋の上で木津川を眺めていました。木津川の橋は、はるか奈良時代の天平一三年（七四一）に行基によって架けられたと伝えられますが（「行基年譜」）、この時晶子の立っている橋は、明治時代に架けられた泉橋です。現在の泉大橋の下流、木津本町通りの延長線上に架けられていました。

明治三四年といえば、晶子は二三歳、六月に家を捨てて上京し、与謝野鉄幹と新生活を始めたばかりの時期でした。しかし、この時、晶子はひとりで泉橋に佇んでいます。

泉橋　本町通り延長上に架橋されていた
（『相楽写真帳』京都府立山城郷土資料館提供）

「人」とは与謝野晶子自身のこと。秋の夕暮れ、大和地方を（実は山城地方）を遙かに流れる木津川を、しみじみとした思いで眺めているようです。

南山城を流れる木津川は、記紀・万葉から現代の文学に到るまで、多くの作品に様々に記されてきました。

木津川は、古くは和訶羅河《わからがわ》（輪韓河）・山代河（山背河）と呼ばれていたようです。

ワカラ川については、記紀の、第一〇代崇神天皇の条にその名が出てきます。『日本書紀』には、大彦命《おおびこのみこと》率いる崇神天皇の軍勢が、反逆を企てた武埴安彦《たけはにやすびこ》と和韓河を挟んで互いに挑《いど》んだ。それで時の人は河の名を改めて挑河《いどみがわ》と名付けた。それが訛って「泉河《いずみがわ》」と言うようになった、と、地名起源説話を載せています。

ヤマシロ川についても、記紀にあり、第一六代仁徳天皇の条に記述があります。表記を『古事記』によると、仁徳天皇の皇后石之日売命《いわのひめのみこと》が紀伊国に遊んだ際に、仁徳天皇は八田若郎女《やたのわきいらつめ》を愛しました。それを聞いた皇后は激怒し、船に乗って皇居を避け、淀川を遡って木津川に入り、山背の筒木の渡来人の家に籠ってしまいます。その道中、皇后が詠んだ二首の歌に「山代河」が出てきます。二首目をあげると、

つぎねふや　山代河を　宮上り　我が上れば　あをによし　奈良を過ぎ　小楯《をだて》　倭《やまと》を過ぎ　我が見が欲し国は　葛城高宮《かづらきたかみや》　吾家《わぎへ》のあたり

（つぎねふや）山代河を　宮に向かって上り　私がさかのぼってゆくと（あをによし）奈良を過ぎ（小楯）大和を過ぎて　私が見たい国は　葛城高宮　私の実家のあたりよ

木津川は、かくも古い時代から、歌や物語の舞台として登場しているのです。

奈良時代に成立した『万葉集』には、木津川を詠んだ歌が十数首収められています。万葉集では、木津川は泉川と呼ばれており、一首のみが、現木津川市加茂町域を流れる川として「鴨川」の名で詠まれています。

『万葉集』では、まず、江戸の国学者賀茂真淵《かものまぶち》が讃えた歌をあげましょう。

泉川　渡り瀬深み　我が背子《せこ》が　旅行き衣　濡れひたむかも（巻一三・三三一五）

木津川右岸の古北陸道を旅する夫を思う、妻の歌です。歌は、長歌に続く反歌（後に添える歌）として詠まれたものです。

先立つ長歌の大意を示すと、「山背の道を、他人の夫は馬でゆくのに、私の夫は徒歩でゆくので、見るたびに泣けてくる、だから、母の形見として大切にする、私の鏡と領巾《ひれ》を持っていって、馬を買ってください、あなた。」というものです。

引用の反歌は、それに添えて、泉川の渡り瀬が深いので私の夫の旅衣がびしょ濡れになるのではなかろうか、と歌っています。

万葉の時代、大和から近江・北陸方面へ向かう旅人は、木津川を渡り、その右岸を北上し、さらに宇治川を渡って目的地に向かいました。『万葉集』巻一三には、奈良山を越え、「真木積む　泉の川の早き瀬を」棹さして渡り、さらに宇治川を渡って近江に向かう、道行きの長歌があります。（三二四〇）また、万葉の代表歌人大伴家持は、越中の国司として任地に向かう際に、弟の書持と「……泉川清き河原に　馬留め　別れし時に……」と、木津川の岸で別れた時の情景を詠んでいます。

万葉時代の旅は「行き過ぎ難き」と詠まれる苦しいものでした。木津川は、思郷の想いを抱きつつ旅する人の、旅の苦難を象徴し、その行路を妨げる大河として歌われているようです。

　川の瀬の　たぎちを見れば　玉かも　散り乱れたる　川の常かも　（巻九・一六八五）

彦星の　かざしの玉し　妻恋《つまご》ひに　乱れにけらし　この川の瀬に　（巻九・一六八六）

「泉川の辺《へ》にして間人宿禰《はしひとのすくね》が作る歌二首」と詞書があり、これも旅人《たびびと》の歌です。一首目の「たぎち」は、激しい流れのこと。四句切れの歌です。木津川の激しい流れを見ると玉が散り乱れているのと見紛うほどだ、この激しい流れがこの川の常の姿なのか。旅の途上、木津川の岸辺で、しぶきを玉のようだと愛でながらも、初めてみる激しい川の流れに、目を見張っているようです。

二首目は、ほとばしり流れる川のしぶきを、彦星の髪飾りの玉が妻恋しさに散り乱れたらしい、と喩《たと》えた歌です。季節は七夕近くでもあったのでしょうか、妻と別れて一人旅する作者の妻を恋しく思う気持ちが、彦星の比喩の連想を生んだのでしょう。いずれにせよ、二首ともに、泉川の激しい流れへの詠嘆から歌が生まれています。

泉川　行く瀬の水の　絶えばこそ　大宮ところ　うつろひゆかめ　（巻六・一〇五四）
狛山に　鳴くほととぎす　泉川　渡りを遠み　ここに通はず　（巻六・一〇五八）

『万葉集』で木津川は、恭仁京《くにきょう》讃歌にも詠まれました。右の二首は、巻六の恭仁京を讃える一連の歌に収められた反歌です。恭仁京は天平一二年（七四〇）から足かけ五年間、現木津川市加茂町瓶《みかの》原《はら》を中心に開かれた都ですが、恭仁京については次章で詳しく触れましょう。

一首目は、泉川の水が絶えるときがあるならば、その時には恭仁の皇居もさびれることもあろう、というもの。二首目は後の章で解釈しますが、木津川の流れの広さへの詠嘆をよみ、その川を取り込んだ雄大な恭仁京を讃えた歌です。恭仁京讃歌で木津川は、絶えることのない、滔々と流れる、雄大な都を象徴する大河として歌われています。

『万葉集』の木津川は、実景を目にして詠まれたものです。大和には見られない大河である木津川、その流れに対する詠嘆を元に、木津川の万葉歌は生まれています。

平安時代以降の木津川の歌で最もよく知られたものは、『百人一首』にも載る次の一首でしょう。

みかの原　わきて流るる　いづみ川　いつ見きとてか　恋しかるらむ

みかの原辺りの木津川　恭仁大橋からの眺め

『新古今和歌集』恋歌、藤原兼輔《ふじわらのかねすけ》の歌です。歌は、まだ見ぬ女性への片思いを不思議がる気持ちを詠んだものです。主旨は下の句にあり、口語訳すると、「いったいいつ逢ったというのであなたが恋しく思われるのだろうか」。上の句は「みかの原を分けて、湧き出て流れる泉川、そのいつではないが」の意、「いづみ川」から「いつ見」と同音の繰り返しで、下の句を導き出す序詞《じょことば》として用いられています。上の句は、意味上は歌の主題に関わらない、いわば飾りの表現ですが、みかの原を流れる泉川という清浄なイメージが純粋な恋心を連想させ、歌の主旨に効果的につながっています。一首は泉川を含む序詞によってこそ、文芸として成立しているのだと思います。

王朝和歌とそれに連なる近世までの和歌の世界では、右の歌にあるように、泉川は、みかの原という歌枕の地を流れ、「泉」という言葉から連想される、美しい清らかな川というイメージで、詠まれます。

泉川が、王朝和歌にはじめて詠まれるのは、おそらく最初の勅撰集『古今和歌集』(九〇五年頃)の次の一首でしょう。

みやこ出でて　今日瓶《みか》の原　泉川　川風さむし　衣鹿背山《ころもかせやま》

『古今和歌集』は、それ以後の歌集の手本となる、最も重んじられた歌集です。右の歌の「瓶の原」・「泉川」・「鹿背山」は、歌枕として後の歌に詠まれてゆきます。

『古今集』以降の歌から、何首かあげてみましょう。

泉川　のどけき水の　そこ見れば　ことしはかげぞ
すみまさりける
（『拾遺和歌集』）

なにごとの　ふかき思ひに　いづみ川　そこの玉もと
しづみはてけん
（僧都範玄『千載和歌集』）

泉河　かはなみしろく　吹くかぜに　夕べすずしき
鹿背山の松
（後鳥羽院『夫木和歌集』）

いづみ河　とほきわたりの　月かげに　声をつくして
なく時鳥
（後宇多天皇『新千載和歌集』）

木津川風景

鹿背山浜一本松（『相楽写真帳』京都府立山城郷土資料館提供）

一首目は太平の御代を澄んだ泉川に喩え讃えた歌。二首目は自ら命を絶って水に沈んだ少年を美しい水底の藻と重ねています。三・四首目も泉川の持つイメージを効果的に用いた、のどかで美しい叙景歌です。

王朝和歌では、泉川の実景を写した歌はほとんどみられません。平安時代以降の和歌で木津川は、「泉川」の語から連想される、清らかに澄み、美しく流れる川というイメージで詠まれます。平安時代末期にはすでに「木津川（こづかわ・きづがわ）」の名で呼ばれていた川は、和歌の世界では明治初期に到るまで、「泉川」として王朝和歌のイメージで詠み続けられたのです。

平安時代の散文にも泉川は記され、『蜻蛉日記』や『枕草子』などに見られます。長谷詣で途上の川として描かれることが多いのですが、『源氏物語』をあげましょう。

（浮舟は）こなたをばうしろめたげに思ひて、あなたざまに向きてぞ添ひ臥しぬる。

（女房）「さも苦しげに思《おぼ》したりつるかな。泉川の舟渡りも、まことに、今日は、いと恐ろしくこそありつれ。この二月には、水の少なかりしかばよかりしなりけり。いでや、歩《あり》くは、東国路《あづまぢ》を思へば、いづこか恐ろしからん」など、二人して、苦しとも思ひゐたらず言ひゐたるに、主は音もせでひれ臥したり。

巻四九「宿木」、宇治十帖の後半のヒロイン浮舟登場の場面です。長谷詣でから泉川を渡って宇治に着いた浮舟は、人の気配を気がかりに思い、むこう向きに伏せっています。それを見た女房が、泉川の舟渡りが、水が多くまことに恐ろしかったせいかと話している場面です。平安時代、和歌の泉川のイメージと異なり、実際の木津川は、万葉時代に引き続き旅の難所でもあったことが窺えます。

中世の文学作品では、その代表的なジャンルである軍記物語を取り上げましょう。軍記において木津川は、戦乱に関わる舞台として描かれます。

まずは、平安末期の保元の乱を描いた『保元物語』巻中「佐府の最期」に、木津川の記述が見られます。「佐府」とは悪佐府とも呼ばれた、左大臣藤原頼長のこと。崇徳上皇とともに兵を挙げた頼長は、戦いに敗れ、流れ矢に当たって瀕死の重傷を負いました。頼長は、舟で桂川から木津川に入り、南都に向かいます。

明くる十三日、木津河《こづがは》に入りて、柞《ははそ》の森の辺にして、図書允俊成《づしよのじよう》して、「富家殿《ふけどの》に、今一度、御対面申させ給はんとて渡らせ給ひて候。限りの御在様をも御覧ぜらるべき」の由、申されたれども、「此の事、なかなか見奉らじ」と仰せられける御心の程こそ押し量らるれ。

「杵の森」は、現在の精華町祝園にあった森。頼長が南都に向かったのは、死を前にして一目父親の富家殿（藤原忠実）に会おうとしたためでした。しかし、忠実は対面を拒否します。引用の文に続いて忠実は、「氏の長者たる者が、刀剣、弓矢などの武器によって傷つけられることはもってのほか。そのような者と対面するのは礼にもとることだ」と言って涙に咽《むせ》んだ、と記されています。父親の返事を聞いた頼長は、

左府（頼長）うちうなづかせ給ひて、御気色替《かは》らせ給ひて、御舌の崎《さき》を食ひ切り、血をはき出させ給ふ。何《いか》なる御心向けとも心得がたし。

という最期を迎えました。やがて息絶えた頼長を奈良般若野の五三昧《ごさんまい》という葬所へ土葬したとあります。権勢を誇った藤原頼長の終焉の地が、木津川のほとりであったのです。明治時代の小説家田山花袋は、藤原頼長の最期に哀れを覚え、頼長を主人公に「流れ矢」という小説を書いています。

軍記物語の代表作『平家物語』では、巻十一「重衡《しげひら》被斬」の舞台が木津川畔です。平重衡（一一五七〜一一八五）は、平清盛の五男で優れた武将として知られた人でした。一ノ谷の戦いで捕らえられ、一旦は鎌倉へ護送されますが、東大寺・興福寺などの寺院を焼失させた罪で南都の大衆《だいしゅ》に引き渡され

ます。僧たちは「木津《こつ》の辺にてきらすべし」と決議し、重衡は木津川のほとりで斬首されたのです。

武士これをうけとッて、木津河《こつがは》のはたにてきらんとするに、数千人の大衆見る人いくらといふ数を知らず。

多くの人の見るなか処刑された重衡は、付近から阿弥陀仏の仏像を一体迎えたてまつり、木津川の河原の砂に立て参らせて、念仏を唱えつつ首を伸べて斬られたのでした。

木津宮ノ裏安福寺の御本尊阿弥陀如来像が、重衡の引導仏であると伝えられています。付近には重衡の首洗い池や「不成柿《ならずのかき》」の言い伝えがあり、木津川市観光協会のホームページにも紹介されています。安福寺は重衡を哀れんで「哀堂《あわんどう》」の呼称があり、境内の十三重石塔は重衡の供養塔と伝えられています。今も、平家物語を読むサークルの人たちなどが、重衡を偲んで、ゆかりのお寺を訪ねられるとお聞きしました。

『平家物語』と軍記物語の双璧をなす『太平記』には、木津川はまさに戦いの場として描かれます。先に笠置の章で記した巻三「主上御夢のこと」所収の、元弘の変「笠置合戦」のくだりです。笠置合戦は、戦前の国定教科書にも採られていた、後醍醐天皇が霊夢によって楠木正成と対面する場面に続いて記され、その緒戦の舞台が木津川です。幕府軍の高橋又四郎が抜け駆けをして功を上げようと笠

置山の麓に寄せたところ、
(官軍の)その勢三千余騎、木津川《きづがは》の辺におりあひて、高橋が勢をとり籠めて、一人も余さじと攻め戦ふ。高橋、はじめの勢ひにも似ず、敵の大勢を見て、一返しも返さず、捨て鞭《むち》を打ってひきけるあひだ木津川の逆巻く水に追ひ浸され、討たるる者その数いくそばくなり。

高橋の勢は官軍に敗れ、木津川の激流に追い落とされ、多くの者が討たれました。この様子を何者かが落首に詠んで、宇治橋詰めに立てかけました、

木津川の　瀬々の岩波　早ければ　懸けて程なく　落つる高橋

笠置合戦緒戦の、官軍の勝利を描く痛快な場面ですが、笠置山の麓の岩の間を流れる木津川の急流が、やや誇張されながらも、活き活きと描かれています。

和歌の世界では王朝時代と変わらず「泉川」と表現された川は、軍記物語には「古津河」・「木津川」と表記されています。木津川は、平安時代末頃からこの名で呼ばれるようになったと言われます。古くは「こづ川」と訓《よ》み、「こづ」・「きづ」両訓通用の時期を経て、現在の「きづ川」の呼称に統一

されたということです。（岩波新古典文学体系『保元物語』）

なお、天平三年に行基によって架けられたとされる泉橋は、「河水流れ急《すむやけ》く橋梁破《こは》れ易し」（『三代実録』）とあるごとく、橋はたびたび流されたのでしょうか、文学作品に記述を見ません。木津川の橋については管見のかぎり、中世の日記『中務内侍日記』弘安一一年（一二八八）条に、

　雨少し降りて霞みたるに、木津川の端を行けば、橋あり。柴を組みて渡したる橋と申す。

と記された一例を見出せるのみです。

江戸時代は、漢詩漢文による表現が文学的営みの中心となりました。木津川を詠んだ漢詩を読みます。江戸後期の儒者篠崎小竹《しのざきしょうちく》（一七八一～一八五一）の「下泉河（泉河を下る）」と題する詩です。（『小竹斎詩鈔』）現代仮名遣いで訓《よ》みを記します。

泉河暁下白雲間　泉河暁《いずみがわあかつき》に下《くだ》る白雲《はくうん》の間《かん》
嶺送峰迎不暫間　嶺送《みねおく》り峰迎《みねむか》え暫《しばら》くも間《いとま》あらず
喚楫師欲論旧跡　楫師《しゅうし》を喚《よ》びて旧跡《きゅうせき》を論《ろん》ぜんと欲《ほっ》せば

軽舟已過甕原山　軽舟《けいしゅう》已《すで》に過《す》ぐ甕原《みかのはら》の山《やま》

白雲に包まれて朝早く泉川を舟で下ると　急流に次々と嶺を迎え峰を送り舟は進む
船頭を呼んで旧跡を語ろうと思ったが　小舟は速くすでに瓶原の山を過ぎてしまった

泉川を舟で下る詩です。舟からの眺めを詠むところが、和歌と違う、泉川の漢詩の特徴のひとつです。この小竹の詩は、李白の「早《つと》に白帝城《はくていじょう》を発《はっ》す」を踏まえています。

朝辞白帝彩雲間　朝《あした》に辞《じ》す白帝彩雲《はくていさいうん》の間《かん》
千里江陵一日還　千里《せんり》の江陵一日《こうりょういちにち》にして還《かえ》る
両岸猿声啼不住　両岸《りょうがん》の猿声《えんせい》啼《な》きて住《とど》まらざるに
軽舟已過万重山　軽舟《けいしゅう》已《すで》に過《す》ぐ万重《ばんちょう》の山《やま》

小竹の「下泉川」の読者は、背景に李白の詩を思い浮かべます。李白の詩は、長江の旅の難所である三峡の急流を抜けて、早々と江陵に着いた詠嘆を詠んだ詩。そういえば木津川も、長江と同じく、笠置峡谷の急流を下り瓶原を過ぎると、広々とした流れに出るのです。また、長江の三峡には『三国志』の故事で名高い白帝城があり、木津川の笠置山には後醍醐天皇の元弘の故事があることでも共通しています。作者は、あるいは自らを李白になぞらえていたのかも知れません。漢詩ならではの木津川の描写です。

もう一首、舟の上からの詩を読みましょう。梁川紅蘭《やながわこうらん》の「木津川舟中」と題する詩です。

風波無影艣声柔　風《ふう》波《は》影《かげ》無《な》く艣《ろ》声《せい》柔《やわら》かなり
天末暮霞光未収　天末《てんまつ》の暮《ぼ》霞《か》光《ひかり》未《いま》だ収《おさ》めず
過尽沙湾九十曲　沙湾《さわん》の九十曲《きゅうじゅっきょく》を過《す》ぎ尽《つく》して
布帆一片入城州　布帆一片《ふはんいっぺん》城州《じょうしゅう》に入《い》る

風や波が無く櫓《ろ》の音も柔らかに舟は浮かび　空の端には夕焼けがまだ残っている
多くの砂の湾を通り過ぎて　私の乗る帆かけ舟は山城の国へと入ってゆく

梁川紅蘭（一八〇四～一八七九）は梁川星巌の妻。『月瀬記勝』の旅で、夫と共に斎藤拙堂の一行に加わっていました。当時では珍しく夫婦で共に旅をしたことでも知られる女流詩人です。漢詩の「霞」は「かすみ」ではなく「朝焼け・夕焼け」の意。小竹の詩と同じく木津川を舟で下る情景を詠んだものですが、この詩は広々とした感じのする、穏やかな木津川の舟旅を描きます。

江戸時代末期の詩壇の双璧といえば頼山陽と梁川星巌ですが、両詩人にも木津川の詩があり、いずれも舟の上から詠んだものです。山陽の母親梅颸《ばいし》も木津川を下っており、文政一二年の日記に「陰。笠置より舟にのり、木津川を往く、おもしろし」と記しています。

明治維新を機とする近代は、文学史上、おのがじし、個の追究と表現の時代とも言えるでしょうか。短歌の世界では明治時代中頃から、佐佐木信綱《ささきのぶつな》・与謝野鉄幹《よさのてつかん》・正岡子規らによって短歌革新が唱えられました。近現代の短歌は、木津川を詠む歌も、それぞれの歌人の独自の視点で様々に描写されるようになりました。数首あげてみます。

やま桑の　木津のはや瀬の　のぼり舟　綱手《つなで》かけ曳く　帆はあげたれど

木津川の帆掛け舟（笠置絵葉書）

奈良坂の　木津川わたるは　直接にて　誰《たれ》か疑ふ　この奈良坂を

わが車　にはかに空を　行く如し　木津の川原の　広く見ゆれば

み　わたせ　ば　きづ　の　かはら　の　しろたへ　に　かがやく　まで　に　はる　たけ　に　けり

木津川の　川辺の道の　隈もおちず　照り光りつつ　はるかなりけり

さをさして　のほる河瀬に　きこゆなり　あなたのきしの　鈴虫のこゑ

一筋に　木津の川土手《かはどて》　伸ぶる見て　帰りゆくとき　腕を組む妻

笠置　加茂　木津　玉水の帰るさを伴ふ泉川あくまでゆるり

一首目は、長塚節《ながつかたかし》の歌。長塚節は、『古今集』の伝統を否定して「写生」を唱えた、正岡子規の高弟でした。明治三六年、伊勢へ向かう途中に木津川の畔で詠まれたものです。「やま桑の」は木津にかかる枕詞。「綱手」は陸から舟を引く綱。急流を上る舟を、帆をあげたままに、岸から人が綱で曳いてゆく様を写した歌です。長塚節は、子規の「写生」の主張をもっとも忠実に実践した弟子です。この歌も、まるで一葉の写真のごとく、明治時代の帆かけ舟の行き来していた木津川の景色を、みごとに写し撮った作です。

二首目は、土屋文明《つちやぶんめい》の歌です。土屋文明も子規の弟子で、長命を保ち、アララギ派の指導的存在となった歌人です。また、国文学者として万葉集を研究し『萬葉集私注』などの著書を残しました。文明は万葉に詠まれた地を踏査し、南山城に来て歌を詠んでいます。右の歌もその中の一首で、「奈良坂」の位置を、自ら歩いて確信した思いを詠みます。奈良坂について、従来の注釈書は、平城宮から北に歌姫町へ向かい木津川市相楽地区を通る、「歌姫越え」としていました。しかし土屋文明は、般若寺の坂を北に向かい、木津川市市坂を通って木津川を渡る、いわゆる「般若坂越え」を奈良坂であると主張します。著書の『續萬葉紀行』(養徳社)で文明は、「奈良坂」について詳述し、歌姫越えは迂回路になってしまう、道なりに進んで木津川に当たる般若坂越えこそが、奈良坂であると記しています。歌は、直接木津川をわたるこの道こそが奈良坂である、誰も疑いようがないと、強く言い切っています。

三首目は与謝野鉄幹の歌です。歌誌『明星』を主宰し浪漫主義を唱えた歌人で、妻となる与謝野晶子の才を見出しました。歌は昭和六年「近畿遊草」所収、京都から奈良に行く途中の歌です。鉄幹晩年の歌ながら、木津川下流の川原の広さを、車が「空を行く如し」と表現したところが、おおぶりで主情的な鉄幹の歌の特徴を表していると思います。

四首目は、奈良を愛した歌人会津八一《あいずやいち》の歌。『南京余唱《なんきようよしよう》』「木津川の岸に立ちて」と題する作。「見渡すと、木津川の河原が白く輝くまでに、春たけなわとなったことだなあ」。春ののどかで明るい日差しのもとの、広々とした木津川と河原が目に見えるようです。柔らかい調べを誘うひらがなの表記が効果的です。木津川を詠んだ多くの歌の中でも、名歌に数えるべき一首でしょう。

五首目は、「おいらくの恋」で知られる川田順の歌です。『山海経』「木津川のほとり」と題する連作九首のうちの、一首目の歌。挽歌灼熱の日に、恭仁京址を訪ねるために、木津川の畔を歩いた時の連作です。大正時代の作で、どこから歩いたのか、午後の日盛りから日暮れに到るまで、川田順は木津川の河原の砂上を歩いています。高山ダムができる前の木津川は、その流れとともに河原の砂浜も豊かであったと故老からお聞きしました。

六首目は、伏見宮文秀《ぶんしゆう》女王の歌、旧派の歌人の作も採りました。木津川を舟で上り、舟から岸辺の鈴虫の声に耳を傾けます。しみじみとした思いの伝わる歌です。

七首目は現代歌人高安国世の歌です。

八首目は、ごく最近の歌のなかから岩田晋次の作を採りました。歌誌『柴折戸』所収。伊賀方面から電車でＪＲ関西線を下り、木津で乗り換えて、奈良線を京都に帰ります。その車窓からの木津川の眺めを「あくまでゆるり」と見て、帰途の心を和ませています。

近現代の散文にも、木津川を描いた作品は多くあります。紀行文から、二篇のみを引用します。まずは、紀行作家田山花袋の『日本一周』(大正三年)の木津川の描写です。

木津川の谷は、近畿の河川の中では一番立派な谷だ。かう私は思つてゐる。関西線で名古屋から遣つて来て、伊賀国《いがのくに》を通り越して、山城國《やましろのくに》に入ると、名張川が南から来て、伊賀川に合し、そしてこの深い風景のよい谷をつくつてゐる。笠置の停車場のある前後は、谿山《けいざん》が殊《こと》にすぐれた立派な色をつけてゐる。この谿山が見たいがために、わざわざ関西線に乗つて行く旅客すらある。

笠置と木津との間には、加茂といふ停車場が一つあるばかりである。しかしその谷は歩けば五里位はある。笠置の方から来ると、谷が段々ひらけて行つて、山が一つ

笠置加茂間の木津川

一つ見えてくるといふ面白い趣がある。木津の方から行くと、段々《だんだん》深くなつて、狭い谷の中に入つて行くやうな世離れた好い感じがする。

つぎは、北尾鐐之助の『近畿景観』（昭和六年）「笠置山懐古」の一文です。

木津川も、私は、木津から先きの、あの洋々たる白帆の去来する景色が好きだ。大河原から笠置へかかる峡谷の流れは、なるほど急湍ではあるが、この位の渓流は日本では到るところに求められる。それよりも加茂から木津を経て、玉水橋辺りまで、あの両岸に防火林の藪を長く引いて、春先きなど、ところどころ桃や、紅梅に彩られたゆうゆうたる景色は、大和の国らしいおだやかな河景である。舟中に坐して、謡曲でも謡ひながら、手拍子でもとりつつ下つてみたいやうな景色である。

精華町開橋からの木津川の眺め

加茂から木津、玉水辺りへかけて、木津川の流れは、白い州の中をゆるゆると行くので、少しの白い小波も立たせていない。一すぢの青い帯をうねらせたやうに見える。

木津川は、相楽郡東部を西に流れ来て、木津で向きを九〇度変えて北に流れ、それぞれに異なった景観を見せます。田山花袋は上流の笠置峡谷の美を、北尾鐐之助は広々とした下流の流れを称えました。全国を旅した、勝れた紀行作家の筆力によって、木津川とその流域の魅力が、いっそう効果的に伝えられます。そうしてその景色は、自然豊かで水量が豊富であった、大正から昭和初年にかけての木津川の情景なのです。

⑦ 夕橋に　人はひとりの　秋のいろ　木津川ながう　大和を行くよ

与謝野晶子の歌は、第二歌集『小扇』所収のもので、「大和の秋に若き旅人の歌へる」と題する連作二〇首の、三首目の歌です。前後の歌をいく首かあげると、

奈良を西の　笠に秋見る　木津の夕日　河船《かはふね》ながう　名よびし人や

船おりぬ　もとより水の　ゐにしなれば　笠にのこらむ　歌にはあらずよ

船の子は　浪華へ十里　秋の水　木津の河橋　ゆふべをおくる

おつる日や　いづこ快楽《けらく》の　夢の里　わが橋はなれ　寒う行く船

伊賀いでし　水のするゑ問ふ　旅ならず　芸術《たくみ》に泣かむ　明日の東大寺

与謝野晶子は木津川を誰かと舟に乗って木津に着き、木津でその人と別れたのでしょう。浪華方面へ向かう人を、独り泉橋に立ち、見送っています。晶子が木津に宿泊していることがわかりますが、奈良の東大寺を訪ねる前日に、木津に宿を取ったようです。

木津の街は、古くは平城京の外港として賑わいました。明治のこの時期も、鉄道開通によって駅が設立され、またやや衰えたとはいえ、従来からの人や荷を載せた舟も行き来する、繁華な街でした。さらに、当時の新聞を見ると、木津川の納涼や蛍見、魚釣りなどに多くの人が訪れる清遊の地でもあり、季節には河原に店も出ていたと記されています。

川と橋、私たちはそこに、なにかしら情緒を感じます。橋は出会いや別れの場であり、また一人しみじみと川の流れを眺めるところでもありました。ことに、歴史があり、多くの詩歌に詠まれた木津川とそこに架かる泉橋には、いっそうの情緒が漂います。

⑦　夕橋に　人はひとりの　秋のいろ　木津川ながう　大和を行くよ

与謝野晶子の歌は、連作も含めて、初期の晶子の歌らしい浪漫的な調べの歌です。「夕月夜」・「夕あられ」など、「夕」を被せる語を晶子は好みましたが、歌は「夕橋」ではじまり、そして「人はひとり」・「秋のいろ」と余情を含む語を続け、「木津川」・「大和」という地名と連なって、情感あふれる一首となっています。

歌は、明治期の木津川と泉橋に漂っていたであろう抒情的な雰囲気を、明星派の代表歌人与謝野晶子が、見事に写し取った一首といえるでしょうか。

七、市原王　瓶原《みかのはら》恭仁

⑧　一つ松　幾代《いくよ》か経《へ》ぬる　吹く風の　声《おと》の清きは　年深みかも

数ある恭仁京時代の『万葉集』の歌のなかで、私の最も好きな一首です。（巻六・一〇四二）作者は市原王《いちはらのおおきみ》。「石走《いはばし》る垂水《たるみ》の……」の春の歌で名高い志貴皇子《しきのみこ》の曾孫の皇族で、『万葉集』に八首の歌が採られています。

天平一六年（七四四）正月一一日、市原王は大伴家持らと活道《いくじ》の岡に登り、一株の松の下に集まって酒宴を催し、この歌を詠んでいます。

この一本松はどれほどの代を経たことであろうか。松を吹く風の音が清らかなのは松が長い年月を経ているからだろうか。

大岡昇平は名著『折々の歌』でこの歌をとりあげ、「『吹く風の』以下の表現には深い感情がこもっている。特に『年深みかも』の簡潔な表現のふくらみはみごとで、『万葉集』中有数の清韻と感じられる。」と評しています。まことに、歌は清らかで、何か深い思いが込められているように感じられます。この歌の背景となる、恭仁京とそれに関わる『万葉集』の歌をみてゆきましょう。

恭仁（久邇）京は、奈良時代の天平一二年（七四〇）一二月から天平一六年（七四四）二月まで、足かけ五年間南山城の地に営まれた都です。現木津川市加茂町の木津川右岸瓶原《みかのはら》に皇居を置き、現木津川市のほぼ全域を京域としました。山背国相楽郡には、遷都以前から甕原《みかのはら》・岡田の離宮があり、たびたび行幸《みゆき》がなされ、『万葉集』に歌も残ります。この地が都となったいきさつを史書によって見てゆきましょう。

七三五年大宰府に発した天然痘が流行し、七三七年には、長屋王を倒して政権の中枢にあった藤原武智麻呂《むちまろ》・房前《ふささき》・宇合《うまかい》・麻呂《まろ》の四兄弟が、相次いで亡くなります。代わって政権を握ったのは、南山城に勢力地盤を持つ皇族出身の橘諸兄《たちばなのもろえ》でした。諸兄は、聖武天皇を戴き、唐から帰国した吉備真《きびのまき》

恭仁宮跡（山城国分寺跡）（木津川市商工会提供）

備《び》や玄昉《げんぼう》らをブレーンとして政権を運営します。

七四〇年八月末、大宰府の少弐《しょうに》に左降されていた藤原宇合の長男藤原広嗣《ふじわらのひろつぐ》が、政権への不満から挙兵しました。政府は九月初めに討伐軍を送り、一〇月二三日に広嗣を捕らえ、一一月一日に弟の綱手《つなで》とともに斬殺し、いわゆる藤原広嗣の乱を平定します。

ところが、広嗣の乱の帰趨《きすう》がまだ報告されない七四〇年一〇月二六日に、聖武天皇は行幸《みゆき》の勅を発します。『続日本紀』に載る勅を口語訳すると「朕《ちん》は思うところがあって、今月の末、しばらく関東（伊勢・美濃以東の地）に行こう。その時期ではないけれども、やむを得ない事態なのである。将軍よ、これを知っても驚き怪しんではならない。」将軍とは、広嗣討伐大将軍の大野東人のことです。そうして二九日、帝は橘諸兄や藤原仲麻呂などの官人をはじめ、兵四〇〇を従えて平城京を離れました。この行幸には大伴家持も随行しています。

行幸は一ヶ月以上の長期にわたり、伊賀、伊勢、美濃、近江をめぐり、途中の伊勢滞在中に広嗣斬殺の報を受けます。この行幸については、広嗣に連なる藤原氏の拠点平城京を避けた、帝が不安な心理状態であった、壬申の乱の時の天武天皇の行幸を意識した、以前からの計画であった、など様々な推測がなされていますが、帝はただ「朕、意《おも》ふ所有るに縁《よ》りて」と述べているだけです。そうして、一二月六日近江の坂田郡に到った時に「山背国相楽郡恭仁郷」の地を整備し、遷都の候補地とするために右大臣橘宿禰諸兄を先発させた、と『続日本紀』にはじめて恭仁京遷都についての記述がでてきます。

聖武天皇が恭仁に入ったのは、天平一二年（七四〇）一二月一五日でした。『続日本紀』は、「丁卯、皇帝在前《さき》に恭仁京《くにのみや》に幸《みゆき》したまふ。始めて京都《みやこ》を作る。太上天皇・皇后、在後《あと》に至りたまふ。」と記し、ここに恭仁京の造営が開始されました。続いて元正《げんしょう》太上天皇・光明《こうみょう》皇后が恭仁京に入ります。

翌天平一三年正月、聖武天皇は初めて恭仁京で朝賀を受けました。この時は宮の垣が完成せず、帳《とばり》をめぐらして行われる状態でしたが、以後急速に造営が進んでゆきます。

『万葉集』の恭仁京讃歌として名高い、田辺福麻呂《たなべのさきまろ》作巻六の長歌「久邇《くに》の新京を讃むる歌」を、口語訳とともにあげましょう。（一〇五〇）

現《あき》つ神　我が大君《おほきみ》の　天《あめ》の下　八島《やしま》の中《うち》に　国はしも　多くあれども　里はしも　さはにあれど
も　山並《やまなみ》の　宜《よろ》しき国と　川並《かはなみ》の　立ち合ふ里と　山背《やましろ》の　鹿背山《かせやま》の際《ま》に　宮柱《みやばしら》　太敷《ふとし》き奉《まつ》り
高知《たかし》らす　布当《ふたぎ》の宮は　川近み　瀬の音《おと》ぞ清き　山近み　鳥が音《ね》とよむ　秋されば　山もとどろ
に　さ雄鹿《をしか》は　妻呼びとよめ　春されば　岡辺《をかへ》もしじに　巌《いはほ》には　花咲きをり　あなおもしろ
布当《ふたぎ》の原　いと貴《たふと》　大宮所《おほみやところ》　うべしこそ　我が大君は　君ながら　聞かしたまひて　さす竹の
大宮ここと　定めけらしも

現人神《あらひとがみ》である　我らが大君がお治めになる　天の下　大八島《おおやしま》日本国の中に　国は多くあるけれども　里はたくさんあるけれども　並び立つ山の　美しい国として　川の流れの　集まってくる里として　山背《やましろ》の国の　鹿背山のほとりに　皇居の柱を　人々が太くしっかりとお立てして　高々とお治めになる　布当《ふたぎ》の地にある宮は　川が近いので　瀬の音が清らかだ　山が近いので　鳥の音が響く　秋が来ると　山もとどろくばかりに　雄鹿は　妻を呼んで鳴き　春が来ると　岡辺も一面に　巖には　枝もたわむばかりに花が咲き　ああすばらしい　布当の原は　なんとも尊い皇居のある所は　なるほどもっともである　我が大君は　君のお言葉通りに　お聞き入れになって（さす竹の）　大宮をここと　定められたらしい

歌は、柿本人麻呂《かきのもとのひとまろ》の吉野行幸に従った歌（巻一・三六）を下敷きとしつつ、豊かな自然を取り込んだ、美しく雄大な都を讃えます。「布当の原」は今は地名として残りませんが、木津川北岸の恭仁宮の在る平地を呼んだものでしょう。「大君」はもちろん聖武天皇で、それと使い分けた「君」は橘諸兄をさすとする、「小学館完訳古典」などの注を参考にしました。すなわち、聖武天皇は、恭仁に都を置くことを勧める橘諸兄の言葉を受け入れて、恭仁京を定めたと解釈するのです。

恭仁京遷都の理由として、相楽別業《さがらべつぎょう》を営み南山城に基盤を持つ橘諸兄が、藤原氏の影響力のある平城京を離れ、自らの政権の強化を図ったとする説が、有力ということです。

　恭仁京の京域については、足利健亮氏の恭仁京復元案（『古代地理研究』「恭仁京域の復元」）が定説となっており、地元山城郷土資料館の恭仁京の模型図も、それを元に作られています。私は、はじめて恭仁京の復元図を見たときに、まるで雄大な庭園のような都であると思い、驚きました。都は、流れを変えつつうねる木津川を京域に取り込み、鹿背山・狛山などの山並みを含みます。瓶原《みかのはら》に位置する内裏から、朱雀大路が木津川の南岸に延びており、それが左京中央を貫く道です。そして右京は、左京と山塊を隔て、泉橋を含む南北の道を中心に広がっています。

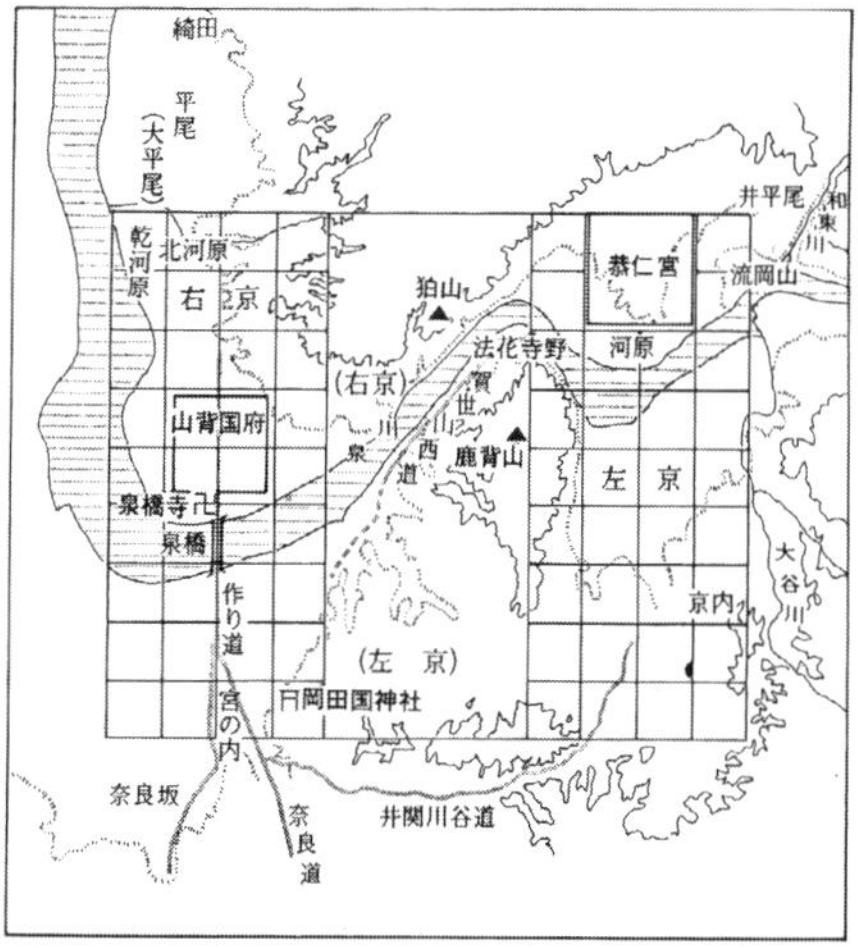

足利健亮『日本古代地理研究』

　長歌に続く田辺福麻呂の短歌のなかから、恭仁京の地名を詠み込んだ歌をあげましょう。

布当山《ふたぎやま》　山なみ見れば　百代《ももよ》にも　変るましじき　大宮ところ　（一〇五五）

娘子《をとめ》らが　続麻懸《うみをか》くといふ　鹿背《かせ》の山　時しゆければ　都となりぬ　（一〇五六）

狛山に　鳴くほととぎす　泉川　渡りを遠み　ここに通はず　（一〇五八）

一首目は、布当山の山並みが美しく変わらぬように、恭仁京も百代の後まで続くはずだと詠んだ歌。「布当山」は先の「布当原」とともに地名として残らず説が分かれます。歌を読み当地を歩くと、恭仁宮の位置する平地を布当原とし、その背後の北に連なる山並みを布当山とするのが、最も自然な結論になるのではないかと思います。

二首目は上二句が序詞《じよことば》です「娘たちが続麻《うみお》（紡いだ麻糸）を掛けるという」と歌い起こし、続く「鹿背の山」に「桛《かせ》（糸を巻き付ける道具）」を掛けて、三句に連なってゆきます。「鹿背山の辺りも時の移り変わりで都となったのだ」と歌います。「鹿背山」は後に歌枕となった地で、現在も柿の生産などで知られるところです。木津川南岸の旧木津町の東に位置し、旧加茂町との境に続く山々を総称して呼びます。

三首目は、鹿背山からの眺めを詠んだ歌です。「狛山《こまやま》」は現在地名として残りませんが、鹿背山と木津川を隔てた北岸に位置する、木津川市山城町上狛地区の背後の山並みです。歌は、「狛山に鳴くほととぎすは泉川の渡し場が遠いのでここ鹿背山に通ってこないことだ」という意味です。鹿背山から遙かに狛山の方を眺め、ほととぎすの渡れないような大河泉川と、鹿背山・狛山などの山々を京域に取り込んだ、美しく雄大な恭仁京への賛嘆の思いを表した歌でしょう。

遷都以降、恭仁京の造営の進む様が、『続日本紀』に記されています。天平一三年には、平城京の兵器を恭仁京に運ぶ、五位以上の官人の平城京在住を禁止する、奈良の東西の市《いち》を恭仁京に移す、恭仁京の人民に宅地を与える、鹿背山の東の河に橋を造る、などの記事がみえ、恭仁京が都として形を整えてゆく様子が窺われます。古代歌謡『催馬楽』にも、「沢田川　袖つくばかりや　浅けれど　はれ　浅けれど　恭仁の宮《みや》人《びと》や　高橋わたす　あはれ　そこよしや　高橋わたす」と、恭仁京造営をはやした歌が収められています。

恭仁宮跡（山城国分寺跡）（木津川市商工会提供）

『万葉集』約四五〇〇首のうち、最多の四七三首を収める歌人大伴家持も、官人として恭仁京造営に務めました。家持は、恭仁京の歌も多く詠んでいます。

今造る　久邇の都は　山川の　さやけき見れば　うべ知らすらし（巻六　一〇三七）

春霞　たなびく山の　隔れれば　妹《いも》に逢はずて　月そ経にける（巻八　一四六四）

ひさかたの　雨の降る日を　ただ独《ひと》り　山辺にをれば　いぶせかりけり（巻四　七六九）

板葺《いたぶ》きの　黒木《くろき》の屋根は　山近し　明日《あすのひ》取りて　持ち参り来む（巻四　七七九）

さ男鹿《をしか》の　朝立つ野辺の　秋萩に　玉と見るまで　置ける白露（巻八　一五九八）

一首目は、家持の恭仁京讃歌です。天平一五年八月一六日の詠。「うべ」は「なるほど、もっともだ」、「知らす」は「お治めになる」の意。一首は、今新たに造営する恭仁の都は山や川が清らかなのを見るとなるほど都としてお治めになるのはもっともなことだ、の意。当時大伴家持は二〇代半ばの青年官僚でした。天皇側近の内舎人《うどねり》であり、橘諸兄政権の一員として新都造営に勤しみ、力を込めて恭仁京を讃美しています。

二首目は、すでに妻になっていたであろう坂上大嬢《さかのうえのおおいらつめ》に贈った歌。「久邇の京より奈良の宅に送る」と左注があります。家持は旧都奈良に妻の大嬢を残したまま、恭仁京に住んでいました。春霞のかかる山が隔てるのであなたに逢えずに月が経ってしまった、の意。「春霞たなびく山」を諸注は奈良山としますが、恭仁京跡に立って眺めると、実際に眼前に大きく姿を見せるのは鹿背山です。巻四「一重山《ひとへやま》　隔《へな》れるものを　月夜《つくよ》よみ　門《かど》に出で立ち　妹《いも》か待つらむ」（七六五）の「一重山」は地理的隔たりをいうと思われ、奈良山の可能性が高いでしょうが、「春霞たなびく山」と視覚的に情景を描写するかのようなこの歌は、鹿背山を眺めての感慨であるように思います。

三首目・四首目は、紀女郎《きのいらつめ》という女性との贈答歌です。三首目は、雨降る山辺の恭仁に一人いる憂鬱《ゆううつ》を述べたもの。四首目は、板葺《ふ》き屋根の家を造るなら山が近いので材料を明日持って行きましょう、と戯れた歌でしょう。「山辺」・「山近し」などの語を見ると、山迫る恭仁の景色が具体的に浮かび、万葉歌人家持が確かに恭仁に住んだのだと、改めて思います。土屋文明《つちやぶんめい》の恭仁京跡で詠んだ連作のなかに、

松山の　中なる古き　道ありて　大伴家持　思ほゆるかも　（『少安集《しょうあんしゅう》』）

の一首があります。恭仁京跡は田園が山へと連なる静かなよい処ですが、私たちはそこをゆくとき、万葉歌人大伴家持もこの地に住みこの地を歩いたのだと思わずにいられません。

五首目は、恭仁の秋を詠んだ連作三首のうちの二首目の歌。萩は万葉集に最も多く詠まれた花です。朝、牡鹿が立つ恭仁の野辺に咲く萩の花に珠玉のように白露が降りています。

前後の歌もあげると、

秋の野に　咲ける秋萩　秋風に　靡《なび》ける上に　秋の露置けり　(一五九七)

さ男鹿の　胸別けにかも　秋萩の　散り過ぎにける　盛《さか》りかも去《い》ぬる　(一五九九)

美しい歌です。大伴家持の手によって恭仁の秋はいっそう清らかさを増すようです。

天平一四年八月、聖武天皇は近江国紫香楽《しがらき》に行幸するために、離宮の造営を命じました。これ以降『続日本紀』にはたびたび紫香楽への行幸が記され、それに従って恭仁京造営の記述は消えてゆきます。聖武天皇の恭仁京造営への意欲は失われ、紫香楽へと心が移って行ったようです。そうして天平一五年一〇月、「夫《そ》れ、天下の富を有つは朕なり。天下の勢を有つは朕なり。この富と勢とを以てこの尊き像を造らむ。」で知られる大仏発願の詔が出され、数日後、聖武天皇は紫香楽に行幸し、盧舎那仏造立のために地を開きました。

天平一五年一二月、恭仁京の大極殿がほぼ完成し、さらに紫香楽宮を造るためとして、恭仁宮の造営が停められます。

翌天平一六年には、紫香楽ではなく、難波宮へ遷都する動きが出ます。聖武天皇は恭仁での正月の朝賀を廃し、難波に行幸しようとします。そして閏《うるう》正月、百官を集え、恭仁と難波のどちらを都とすべきか希望を聞きました。官人の恭仁京を希望する者がわずかに多く、市に出て人々の意見を聞いたころ、市人は皆恭仁京を都とすることを願いました。

しかし聖武天皇は、直後に難波に行幸し、そのまま恭仁に帰ることなく、天平十六年（七四四）二月二六日難波を皇都とする勅が出され、ここに恭仁京は、遷都から三年余りで、廃都となったのでした。さらに翌年、都は平城京に戻りますが、『続日本紀』は、恭仁京の市人が奈良に移動する様を「暁夜《あかときよ》も争ひ行き、相接《あひつ》ぎて絶ゆること无《な》し」と記します。

天平一六年閏正月の難波行幸の間に、安積親王《あさかしんのう》が急逝しました。行幸に従った安積親王は、足の病を患い桜井頓宮《かりのみや》から恭仁京に戻り、二日後の一三日に突然死去したのでした。

大伴家持は、安積親王の死を悼んで、悲痛な挽歌を詠んでいます。『万葉集』巻三の「十六年甲申《きのえさる》の春の二月、安積皇子の薨《こう》ぜし時に、内舎人大伴宿禰《すくね》家持が作歌六首」と題する連作のうち、二月三日に詠んだ、はじめの三首をあげましょう。

かけまくも　あやに畏《かしこ》し　言はまくも　ゆゆしきかも　我が大君《おほきみ》　皇子《みこ》の命《みこと》　万代《よろづよ》に　見《め》したまはまし　大日本《おほやまと》　久邇《くに》の都は　うち靡《なび》く　春さりぬれば　山辺《やまへ》には　花咲きをり　川瀬には　鮎子《あゆこ》さ走《ばし》り　いや日異《ひけ》に　栄ゆる時に　およづれの　たはこととかも　白栲《しろたへ》に　舎人《とねり》よそひて　和束山《わづかやま》　御輿《みこし》立たして　ひさかたの　天《あめ》知らしぬれ　臥《こ》いまろび　ひづち泣けども　為むすべもなし　（四七五）

心にかけて思うのも　まことに畏《おそ》れ多い　言うのも　憚《はばか》り多いことだ　わが大君　皇子《みこ》の命《みこと》が　万代までに　お治めになるはずであった　大日本の　久邇の都は　（うちなびく）　春になると　山辺には　花が枝もたわむほどに咲き　川瀬には　鮎がすばやく走り　日ごとますます　栄えるこの時に　人を惑わす　でたらめか　白装束に　舎人は喪服を着て　皇子は和束山に　御輿《みこし》に乗って出発され　（ひさかたの）　天をお治めになってしまった（亡くなられた）ので　ころげ回り涙に袖を濡らして泣くけれども　もうどうしようもないことだ

我が大君　天知《あめ》らさむと　思はねば　おほにぞ見ける　和束杣山《わづかそまやま》（四七六）

わが大君が天上をお治めになろうとは思いもしなかったので　今までなおざりに見ていた（皇子の葬られた）この和束の杣山を

あしひきの　山さへ光り　咲く花の　散りぬるごとき　我が大君かも

（あしひきの）山までも輝かせて咲く花が散ってしまうように亡くなられた、我らの大君よ

安積親王は一七歳で、聖武天皇と光明皇后の間の皇子基《もとい》王が亡くなってからは、聖武天皇の唯一の男子でした。安積親王の母県犬養広刀自《あがたいぬかいひろとじ》は橘諸兄の同族であり、橘諸兄を中心に、大伴氏などの反藤原氏派の官人が、安積親王を立てるべく勢力を作っていたと、歴史家は説きます。皇太子はすでに藤原氏出身の光明皇后の生んだ阿倍《あべ》内親王（後の孝謙・称徳天皇）に決定していましたが、光明皇后や藤原仲麻呂を中心とする藤原氏にとって、安積親王は邪魔な存在でした。阿倍内親王は女性ゆえ不安定な要素もあり、また阿倍親王の即位後は、安積親王が皇太子となる可能性もあります。そのため、若い安積親王が急死したのは、皇位継承の権力争いに絡む暗殺であったという説もあります。難波行

幸の際に、恭仁京留守役であった藤原仲麻呂が謀殺したというのです（北山茂氏・横田健一氏など）。しかし、またそれを否定する説もあり（木本好信氏・中村順昭氏など）、真相は杳《よう》として知れません。

ともかくも大伴家持は、依るべき大君と恃《たの》んだ安積親王の死を、痛切に悼みます。この時二七歳であった家持は、安積親王に直に仕える内舎人であったのかも知れません。

長歌は、親王がお治めになるべき恭仁の都は、花が咲き鮎が泳ぎ、美しく日ごと栄えゆくよき時に、突然にも親王が亡くなり、葬列が和束山に向かう情景を歌い、臥し転《まろ》んで泣いてもなす術《すべ》がないと、悲しみと無念の思いを吐露します。親王が葬られたのは和束の山で、恭仁京跡から東北方約五㎞の和束町白栖《しらす》に、安積親王の墓と伝えられる丘陵があります。

安積親王墓（和束町白栖）

三首目の短歌は、山までも光り輝いて咲く花が、若々しい親王をたとえ、その花が散るように親王は亡くなってしまったと、輝かしい未来のあるはずの親王が亡くなった悲しみを、いっそう際立たせます。

⑧　一つ松　幾代《いくよ》か経《へ》ぬる　吹く風の　声《おと》の清きは　年深みかも

市原王の歌の背景である恭仁京時代を万葉の歌とともに見てきました。その背景に歌を置いて読みます。歌は、天平一六年正月一一日に、市原王が大伴家持らと活道《いくぢ》の岡に登って酒宴をした時に詠んだものでした。

活道の岡については、現在国道一六三号のトンネルの貫く湾漂山《わんぴょうざん》とも、その南西にある姿のよい流岡山《ながれおかやま》とも言われますが、資料の根拠はありません。家持の挽歌に「……（安積親王の）見し明《め》らめし　活道山……」（四七八）とあり、またその反歌に、「はしきかも　皇子《みこ》の命《みこと》の　あり通ひ　見《め》しし活道の道は　荒れにけり」（四七九）と歌われることから、活道山は、安積親王と親王に仕える人たちの、親しみ遊んだ地であったことがわかります。

天平一六年正月一一日といえば、直前の一五年一二月に恭仁京造営が中止され、廃都が取り沙汰される時期でした。そして一か月後には安積親王が突如として亡くなるのです。

市原王の松の歌に唱和して大伴家持が、

たまきはる　命は知らず　松が枝を　結ぶ心は　長くとぞ思ふ　（一〇四三）

と詠んでいます。松の枝を結んで長寿を願いながら、予測のできない命に対する不安の心がこもるようです。家持の歌は有間皇子《ありまのみこ》の死の不安を歌った「磐代《いはしろ》の　浜松が枝《え》を　引き結び　真幸《まさき》くあらばまた還り見む」（巻二・一四一）をも連想させます。

⑧　一つ松　幾代《いくよ》か経《へ》ぬる　吹く風の　声《おと》の清きは　年深みかも

疫病の流行や飢饉、藤原広嗣の乱、恭仁京遷都と、間もなくの廃都の動き――歌は変転極まりない世相を背景に詠まれました。さらに皇位継承や権力闘争に関わる不穏な動き、市原王は、人事も自然も移ろいやすく不安定であることを思いつつ、松を見上げたのでしょう。そして、清らかで深い松の響きに耳を傾け、人の世と自らの生をしみじみと思い、この珠玉のような一首を詠んだのだと思います。

市原王は、写経所の管理から、やがて造東大寺長官、治部大夫へと進んだ官人でした。『万葉集』で唯一梅の香りを詠み（四五〇〇）、また春草の悲哀を歌う（九八八）など、漢籍に造詣の深い人であったと思われます。

松といえば、長寿の象徴であることや、「待つ」との連想も当時からありますが、作者の脳裏には、

『論語』子罕篇の、「子曰く、歳寒くして、然る後に松柏《しょうはく》の凋《しぼ》むに後《おく》るるを知る。」がまず浮かんでいたでしょう。春や夏には分からないが、寒くなり木々が落葉してはじめて松柏の常緑であることに気づく、人の変わらぬ節操や真価に言及した条です。

一首には、松を見上げ、自らもこの松のごとく、清らかに深くありたいと思う心も、込められているのではないでしょうか。

平安時代以降の恭仁京域に関わる文学作品についても、少しふれましょう。平安時代から中世までの和歌です。

みやこ出でて　今日瓶の原　泉川　かは風さむし　衣鹿背山《ころもかせやま》

大夫《ますらを》が　小坂の道も　跡絶えて　雪降りにけり　衣鹿背山

泉川　川浪白く　吹く風に　夕べ涼しき　鹿背山の松

大和とも　からとも見えず　山城の　狛野に咲ける　なでしこの花

いかなれば　同じ時雨《しぐれ》に　紅葉《もみぢ》する　ははそのもりの　薄く濃からむ

一首目は『古今和歌集』の歌です。「瓶の原」に「三日」を「鹿背山」に「貸せ」を掛けて、都を出て三日目に瓶の原に着いた、泉川の川風が寒いので衣を貸してほしいと鹿背山に呼びかける歌です。以後和歌の世界では、瓶原・泉川はもとより、鹿背山も歌枕として詠まれてゆきます。二首目の『堀川百首』の歌のごとく、『古今集』を踏まえ「衣鹿背山」、衣を貸してほしいと表現することが、類型化されてゆきます。

三首目は、『後鳥羽院集』の歌。泉川に波を白くあげて夕風の吹くころ、いかにも涼しげに鹿背山の松が立ちます。明治時代の写真で見る、鹿背山の浜の松が思われます。

四首目は『夫木《ふぼく》和歌抄』所収、権僧正頼信の歌。狛野は狛山のふもとの現木津川市山城町上狛、また精華町下狛をいいます。狛野に咲くなでしこの花を見ながら、ここは大和なのか韓《から》なのか見分けがつかない、と歌っています。狛はかつて高麗寺が建ち、その名のごとく渡来人の住んだ地です。『催馬楽《さいばら》』に、狛に住む瓜を作る渡来人から求婚された乙女の心を詠んだ歌があります。それを踏まえて古歌に、狛の瓜づくりや韓《から》を連想する歌が詠まれます。古典文学の世界で上狛・下狛は、異国情緒漂う地としてイメージされたのでした。ちなみに旧山城町の町花は、なでしこであったことも記しておきましょう。

五首目は『後撰和歌集』所収、藤原頼宗《よりむね》の歌。「ははそのもり」は「柞の森」で現在の精華町祝園のことです。祝園は足利健亮氏の恭仁京復元案では京域に入りませんが、祝園を入れる案もあります。（千田稔氏・岩井照芳氏など）一首は、何処も等しく降る時雨であるのに、どうして紅葉に薄いのや濃いのがあるのか、と詠みます。紅葉は時雨によって色づくとされていました。祝園は、ははそ（柞）に通じる故か、紅葉の名所として知られる歌枕でした。現在は祝園は特に紅葉で知られず、言葉の連想からの名所かと思っていましたが、平安時代の『更級日記《さらしなにっき》』に、長谷詣で道中の記述として、「山城の国ははその森などに、もみぢいとをかしきほどなり」とあり、実際に紅葉の美しい処であったようです。

旧都恭仁の地は、泉川、みかの原、鹿背山、狛野、祝園など、多くの歌枕を含み、それぞれに多彩なイメージをもって、近世に至るまで和歌に詠み継がれたのです。

近世では松尾芭蕉が、その最後の旅に恭仁の景色を眺め、句を詠んでいます。元禄七年（一六九四）五月から伊賀上野に帰郷していた芭蕉は、九月八日大坂へと向かいました。その旅の様子が、弟子の支考《しこう》の「笈日記《おいにっき》」に記されています。

その日は必ず奈良までと急ぎて、笠置より河舟に乗りて銭司《でず》といふ所を過ぐるに山の腰すべて蜜柑の畑なり。されば先の夜ならん

山はみな蜜柑の色の黄になりて　翁

と承りし句は此処にこそ候へと申しければ……。

古都奈良で重陽を過ごすために、八日に伊賀を出た芭蕉は、笠置から川舟に乗り加茂まで木津川を下ります。途中瓶原の銭司《ぜず》まで来ると、山の中腹あたりに蜜柑畑が広がっていました。芭蕉はその情景を、「山はみな　蜜柑の色の　黄になりて」と詠んだと記されています。

和同開珎を鋳造したことで知られる銭司は、江戸時代は八朔《はっさく》蜜柑の名産地でした。一六八六年刊行の山城国の地誌『雍州府志《ようしゅうふし》』には、巻六「土産門」「橘」の頁に、京都で売る蜜柑類は多くが木津川辺銭司の産であり、地は北を背に南向きであるので味が良いと記されています。津の藤堂藩領であった銭司は、水が少ないため米作に適さず、八朔《はっさく》を年貢として納めていたと地元の方から伺いました。

現在は銭司に蜜柑類をそれほど多く見ませんが、堀辰雄の小説「古墳」に、みかの原の蜜柑の描写があります。美しい文章なので引用しましょう。

次の日――きのうは、恭仁京《くにのみや》の址《あと》をたずねて、瓶原にいって一日じゅうぶらぶらしていました。

ここの山々もおおく南を向き、その上のほうが蜜柑畑になっていると見え、静かな林のなかなどを、しばらく誰にも逢《あ》わずに山のほうに歩いていると、突然、上のほうから蜜柑をいっぱい詰めた大きな籠を背負った娘たちがきゃっきゃっといいながら下りてくるのに驚かされたりしました。ながいこと山国の寒く痩《や》せさらぼうたような冬ばかりになじんで来たせいか、どうしても僕には此処はもう南国に近いように思われてなりませんでした。だが、また山の林の中にひとりきりにされて、急にちかぢかと見えだした鹿脊山《かせやま》などに向かっていると、やはり山べの冬らしい気持ちにもなりました。……

堀辰雄（一九〇四～一九五三）は、教科書にも載る「浄瑠璃寺の春」で知られるごとく、大和を愛した作家でした。「古墳」は奈良から友人に手紙を書くという形式の短編で、昭和一六年の大和路旅行での手紙を元に書かれたということです。瓶原の蜜柑畑が戦前まで続いていたことがわかります。

近代ではやはり、晩年瓶原に住んだ内藤湖南《ないとうこなん》をあげるべきでしょう。内藤湖南（一八六六～一九三四）は、絶倫の博学と甚深の読解力を有した、東洋学の巨人でした。

京都学派の泰斗《たいと》、吉川幸次郎、貝塚茂樹、桑原武夫といった人たちが、敬愛の念をこめて湖南の思い出を記しています。京都帝国大学教授時代の内藤湖南の講義は、定刻から大きく遅れて始まり、ノートやメモなどは一切持たず、風呂敷に包んだ漢籍を一冊ずつ取り出しながらの名講義であったとのこと。湖南の朝寝坊は有名で、それは毎晩一二時過ぎまで書斎が客であふれ、夜半から早暁までを研究に充《あ》てた為であったそうです。（吉川幸次郎『音容日に遠し』「折り折りの人」）

京都帝国大学退官後、内藤湖南は瓶原村口畑《くちはた》に、恭仁山荘を建てて隠棲《いんせい》しました。しかし、湖南を慕う各界の人々が頻繁に訪れ、加茂駅前の人力車夫が、湖南への訪問客だけで生活できる程であったと伝えられます。

内藤湖南が瓶原に住んだのは、故郷の秋田県鹿角《かづの》に景色が似通っていたからだといわれます。湖南は瓶原の自然を愛し、殊《こと》に恭仁山荘からの眺めは氏の自慢でした。湖南は、漢詩文の創作を得意としましたが、ここでは歌をあげましょう。

心あてに　ながめわたさむ　朝ぼらけ　霞こめたる　笠置み山を

内藤湖南恭仁山荘

水をあをみ　いさごを清み　泉川　夕ばえわたる　頃のよろしき

浄瑠璃寺　海住山寺　山寺の　鐘の音ひびかはしけむ　そのかみしのばゆ

恭仁山荘に移り住んだ直後の歌です。（大正一二年『心の花』「新築室瓶原作歌十二首」所収）二首目「水をあをみ　いさごを清み」は「水が青いので（浜の）砂《すな》が清らかなので」の意。三首目の海住仙寺《かいじゅうせんじ》は、恭仁山荘のすぐ上にある貞慶上人ゆかりの寺院です。

明治に短歌革新を唱え「竹栢会《ちくはくかい》」を主宰した友人佐佐木《ささき》信綱《のぶつな》が、山荘を訪ねた際の、

蔵ぬちは　日影さしいりて　暖かし　古書がかもしいだす　香もなつかしく

書斎の古書を詠んだ歌です。内藤湖南は、その蔵書の質と

秋桜咲く恭仁京跡の風景（木津川市商工会提供）

量においても他の学者に冠絶していたといわれ、中国や日本の貴重な古書を数多く蔵していました。さらに湖南は書にも秀で、当時の日本で会津八一と並ぶ能書家として知られていました。恭仁山荘建築の資金は自作の書を売ったものであったと書かれたのは、谷沢栄一氏です。瓶原の恭仁小学校の講堂には、今も「以和為貴」と書かれた内藤湖南の書が掲げられています。

内藤湖南の恭仁山荘は、関西大学の所有となって今に残り、地元瓶原の散策マップにも載っています。山荘の前に立つと、碩学の偉業と人格が偲ばれ、粛然として身の引き締まる思いがします。

みかの原は、散策するのによい処です。恭仁宮辺りから海住山に向かってゆっくり歩いてゆくと、のどかな里の風景が広がります。恭仁宮跡の広場は、初夏には紫陽花が咲き、秋には周りじゅうに秋桜が咲き続きます。そうして、初秋の稲の実る頃には、黄色い田園一面に、深紅の彼岸花が鮮やかに花開きます。みかの原は、南山城でもっとも彼岸花が多く、美しいところであると思います。

八、北見志保子　平城山《ならやま》

⑨　**人恋ふは　かなしきものと　平城山《ならやま》に　もとほりきつつ　堪《た》へがたかりき**

⑩　**古《いにし》へも　つまに恋ひつつ　越えしとふ　平城山のみちに　涙おとしぬ**

北見志保子《きたみしほこ》（一八八五〜一九五五）の平城山を詠んだ歌です。昭和十年、平井康三郎（一九一〇〜二〇〇二）が歌曲「平城山」として作曲発表し、多くの人々に愛唱されました。現在も音楽の教科書に載るなど、人口に膾炙《かいしゃ》した歌です。平井氏の曲では「平城山」は⑨・⑩合わせて一曲の歌となっていますが、もとは二首の短歌で、「磐之媛皇后御陵《いわのひめこうごうごりよう》」と題した連作七首の、⑨は二首目、⑩は四首目の歌です。

歌は、一読、単なる修辞や表現のみにとどまらぬ、作者の痛切な思いや体験がこもるように感じられます。さらに、「平城山」という地名の持つイメージも、歌に深い味わいを加えています。

京都府の最南端、奈良との県境に位置する府立南陽高校に勤務する私は、校舎から日々平城山を眺めています。平城山は、京都府と奈良県の境に位置する、東西に連なる低い丘陵をいいます。奈良側からは東の丘陵を佐保山、西のそれを佐紀山と呼びます。そうして、平城山を越えた背後にあるのが「山背《やましろ》」、平安時代以降の「山城」の地です。

二首の歌に詠まれた平城山について、古典の世界を訪ねてゆきましょう。

平城山が書物に現れる、もっとも古いものは、『日本書紀』第一〇代崇神《すじん》天皇巻（巻第五）に載る、平城山の地名起源説話でしょう。

崇神天皇一〇年、天皇は四方を王化する為に臣下を派遣しました。命を受けて北陸に向かった大彦命《おおびこのみこと》は、途中、一書には山城の平坂というところで、不思議な歌を歌う少女に出合います。歌は、「ミマキイリビコ（崇神天皇）よ　お前の命を　奪おうと　ひそかにうかがっているのも知らず　女性と遊んでいることよ。」

木津川市相楽歌姫街道から平城山丘陵を望む

大彦命は怪しく思い意味を尋ねると、少女は、私はただ歌っただけだと答えます。少女は重ねて同じ歌を歌い、忽ちに姿を消しました。そこで大彦命は引き返してこのことを報告すると、予知能力を持つ天皇のおば倭迹迹日百襲姫命《やまとととひももそひめのみこと》が、不吉な事態を感じ、これは武埴安彦《たけはにやすひこ》が謀反しようとする前兆であろうと解きました。そして、早く対策を講じないと後《おく》れを取るだろうと進言します。

まもなく、武埴安彦と妻吾田媛《わたひめ》が軍を起こして、夫は山背から、妻は大坂から都へ攻めてきました。天皇は、五十狭芹彦命《いさせりびこのみこと》を大坂に向かわせ、吾田媛の軍を破りました。また、大彦命と彦国葺《ひこくにふく》を山背に遣わし、武埴安彦を撃たせました。

大彦命らは精兵を率いて進み、那羅山《ならやま》に登って軍勢を配置しました。時に官軍は集い満ちて、草木を踏み鳴らしました。それでこの山を名づけて那羅山というのだと、平城山の地名の起源を記しています。

なお、『古事記』は平城山の地名起源を載せていません。そして、大彦命が不思議な少女に出合った場所を、「山代の幣羅坂《へらさか》」と記しています。現在木津川市市坂に幣羅坂の地名があり、府道754号沿いに幣羅坂神社が祭られています。

記紀の第一六代仁徳天皇の巻に、皇后磐之媛《いわのひめ》の物語があり、そこに平城山が記されます。北見志保子の歌は、もと「磐之媛皇后陵」と題された連作であり、磐之媛の物語は「平城山の歌」の直接の背景となるものです。

磐之媛皇后の性格について『古事記』は、嫉妬深い女性で、天皇が他の女性を愛すると足ずりをして妬んだと記しています。

仁徳天皇三〇年、磐之媛が新嘗祭《にいなめさい》のミツナガシワの葉を採りに紀伊の国に出かけた間に、天皇は八田若女郎《やたのわきいらつめ》を愛しました。それを聞いた磐之媛皇后は、船に載せていたカシワをことごとく海に投げ捨てました。そして皇居に帰らず、難波から淀川をのぼり、さらに木津川をさかのぼって山城を巡り、那良山《ならやま》の入り口に着いて歌を詠みました、

つぎねふや　山代河を　宮上り　我が上れば　あをによし　奈良を過ぎ　小楯《をだて》　倭《やまと》を過ぎ　我が見が欲し国は　葛城高宮《かづらきたかみや》　吾家《わぎへ》のあたり

歌は、木津川の章で既にあげたものです。『古事記』をもとに書いていますが、『日本書紀』は、「那羅山《ならやま》を越えて葛城を望んで歌った」としています。磐之媛皇后は大和の豪族葛城之曽都毘《かづらきのそつび》の娘、悲しみのあまり、ふるさとの葛城（現御所市あたり）の実家を見たいと歌ったのです。そして宮へ帰らず、筒木《つつき》の渡来人、奴理能美《ぬりのみ》の家に入りました。筒木は綴喜で、現在の京田辺市辺りです。

難波の宮にいた仁徳天皇は、磐之媛が木津川を上ったと聞いて驚き、舎人《とねり》の鳥山を、続いて丸邇臣口子《わにのおみくちこ》を遣わし、皇后を迎えに行かせます。

しかし、磐之媛皇后は使者に会おうとしません。口子臣《くちこのおみ》が天皇の歌を伝えようとした時雨が降りました。口子臣が雨をも避けず表の戸口に平伏していると、皇后は裏の戸口に出てしまいます。口子臣が裏へ回ってまた平伏すると、皇后は今度は表に出て、会おうとしませんでした。口子臣は庭の水溜りのなかに跪《ひざまず》いていたので、青い衣に赤いひもを締めていた、その赤いひもが水に浸って、青の衣が赤色に染まってしまいました。皇后に仕えていた口子臣の妹口比売《くちひめ》が兄を見かねて「山代《やましろ》の筒木《つつき》の宮にもの申す我が兄《せ》の君は涙ぐましも」と歌って嘆いたと記されています。

そこで、口子臣と口比売・奴理能美の三人は謀って天皇に奏上します「皇后は、奴能理美が飼っている、一度は這《は》い、一度は繭《まゆ》になり、一度は飛ぶ鳥になるという、不思議な虫を見にいらっしゃったのです。決してけしからぬ心をお持ちなのではありません」と。この虫は蚕のことで、養蚕の技術を持った渡来人がもたらした、当時珍しい虫でした。この『古事記』の記述をもとに、現在京田辺市多々羅《たたら》に「日本最初外国蚕飼育旧跡」の碑が建てられています。

さて、それを聞いた仁徳天皇は、「そんなら、吾も珍しいと思うから、見に行こう」と言って、奴理能美の家に行幸しました。天皇が奴理能美の家に着いたとき、奴理能美は「三種の虫」を皇后に奉りました。天皇は戸口に立って、

つぎねふ　山代女《やましろめ》の　木鍬《こくは》持ち　打ちし大根《おほね》　さわさわに　汝《な》が言へこそ　打ち渡す

やがはえなす　来入《きい》り参来《まゐく》れ

と歌いました。「つぎねふ」は「山代」の枕詞。「大根のしろくさわやかな、そのさわではないが、さわさわとお前が騒がしく言い立てるから、私は大勢の者とやってきたのだ。」

この後『古事記』は結末を記しませんが、『日本書紀』は、磐之媛皇后が仁徳天皇にとうとう逢い奉らなかったので、天皇は難波の宮に戻ったと記します。

続いて『日本書紀』は、仁徳三五年に磐之媛皇后が筒城の宮で薨《こう》じ、三七年皇后を乃羅山《ならやま》に葬ったと記載します。磐之媛皇后は、とうとう天皇に会わないまま筒木で暮らし、そのままそこで亡くなりました。そして皇后は、かつて故郷を懐かしみ望んだ、平城山の地に葬られたと記します。

磐之媛皇后の陵は平城山にあり、奈良市佐紀町のヒシアゲ古墳が、「平城坂上陵《ならさかのうえ》」として、磐之媛陵に治定されています。

平城山は古墳の多い処です。東の佐保山には元明、元正、聖武天皇陵などがあり、西の佐紀山には、大きな前方後円墳である、ウワナベ・コナベ古墳や、神功皇后・孝謙天皇陵など、佐紀盾並《さきたたなみ》古墳群と呼ばれ、古墳が点在します。

奈良市法蓮寺町を、国道24号・JR大和路線沿いに北上すると、左手に堀に囲まれた大きな前方後円墳が見えます。それがウワナベ古墳で、その西隣がコナベ古墳です。そうしてコナベ古墳のすぐ北西に、磐之媛陵はあります。

私はいつも、近鉄平城駅から東へ歩いて磐之媛陵に向かいます。佐紀の道は、緑や沼沢に恵まれた、古い趣を残すよい道です。奈良山陵簡易郵便局を通り過ぎて歩いてゆくと、やがて歌姫街道に出ます。歌姫街道を少し南に下ると道の真ん中に歌姫街道地蔵堂があり、その辺りの細道を東に入るとすぐに磐之媛陵が見えてきます。大きな前方後円墳で、前に水上池が広々として水を湛える、とても眺めのよいところです。後にふれますが、北見志保子は奈良に仮寓していたときに、よく平城山あたりを歩き、磐之媛陵を訪れたといいます。

ヒシアゲ古墳（磐之媛命平城坂上陵）

『万葉集』巻二には、「磐姫皇后《いはのひめのおほきさき》、天皇を思ひて作らす歌四首」と題して、磐之媛作とされる四首の歌が収められています。（八五～八八）

君が行き　日長《け》くなりぬ　山尋ね　迎へか行かむ　待ちにか待たむ

かくばかり　恋ひつつあらずは　高山《たかやま》の　岩根《いはね》しまきて　死なましものを

ありつつも　君をば待たむ　うちなびく　我が黒髪に　霜の置くまでに

秋の田の　穂の上《へ》に霧《き》らふ　朝霞《あさがすみ》　いづへのかたに　我《あ》が恋やまむ

『万葉集』巻二の巻頭を飾り、万葉に多く詠まれる「相聞」（恋の歌）の最初に置かれる歌です。一首目は、帝の行幸が長くなったので迎えに行こうか待とうかと思案する歌。二首目・三首目は切実な思いを歌います。二首目は、切なく恋しい思いをするより高山の岩を枕に死にたいと歌い、一転三首目は、このまま生きて、私の黒髪が霜の様に白髪になるまで君を待ちましょうと詠みます。四首目は美しい比喩を用いた歌です。秋の田の稲穂を一面におおう朝霞のように、晴れない思いに悩むわが恋は、いつどの方向にやむのだろうか。恋に悩む晴れぬ思いを、立ち込める朝霞にたとえます。なお、『古今集』以降の歌では霞は春の景物、霧は秋の景物ですが、万葉では区別されません。『万葉集』の注に『日本書紀』の磐之媛の記事が引用されています。歌はそれを踏まえて、一途な恋の歌の作者を磐之媛に仮託したものでしょう。

『万葉集』に詠まれた平城山をみてみましょう。これも北野志保子の「平城山」の歌に連なるものです。

『万葉集』を開くとすぐ、巻一の一七番目の歌に平城山が詠まれています。

味酒《うまさけ》　三輪の山の　あをによし　奈良の山の　山のまに　い隠《かく》るまで　道の隈《くま》　い積《つも》るまでに
つばらにも　見つつ行かむを　しばしばも　見放《みさ》けむ山を　心なく　雲の隠《かく》さふべしや

六六七年、天智天皇が飛鳥から近江に遷都した際に、それに従って道行く額田王《ぬかたのおおきみ》の歌です。懐かしいふるさとの三輪山が、平城山の山の端に隠れるまで、道の曲がり角が重なるまで、眺めながら行きたいのに、心なくも雲が隠してよいものか。ふるさと飛鳥を名残惜しむ気持ちを歌います。平城山は雲とともに、ふるさとの三輪山をさえぎるものです。

平城山の歌としてよく知られるのは、歌姫街道の添御県坐《そうのみあがたにます》神社に歌碑の建つ、長屋王の歌でしょうか。

佐保《さほ》過ぎて　寧楽《なら》の手祭《たむけ》に　置く幣《ぬさ》は　妹《いも》を目離《めか》れず　あひ見しめとそ　（三〇〇）

「馬を寧楽山に駐めて作る歌二首」と題する一首目の歌です。他国へ旅立つ長屋王が、平城山に馬を止め旅の無事を祈って幣《ぬさ》を奉《ささ》げ、いつも妻を目に見させてくださいと、願いをこめた歌です。『万葉集』の近江への道行き歌に、「そらみつ　倭《やまと》の国　あおによし　奈良山越えて　山代の　管木《つつき》の原　ちはやぶる　宇治の渡《わたり》……」（三二三六）とあるごとく、大和を旅立つ人がまず越えるのは平城山でした。山を越えると、もうそこは他国の山背《やましろ》の国であり、平城山に隔てられて、大和は視界に入りません。『万葉集』の旅の歌で平城山は、別れと思郷のイメージのつきまとう山です。

天平一八年（七四六）、国守として越中《えっちゅう》に赴任した大伴家持もまた、別れの情景に平城山を詠んでいます。（「長逝せる弟を哀傷《かなし》ぶる歌」巻一七・三九五七）

天離《あまざか》る　鄙《ひな》治めにと　大君《おほきみ》の　任《ま》けのまにまに　出でて来し　我を送ると　あをによし　奈良山過ぎて　泉川　清き河原に　馬留め　別れし時に　ま幸《さき》くて　我《あれ》帰り来む平らけく　斎《いは》ひて待てと……

奈良を立つ家持を送り、弟の書持《ふみもち》が、平城山を越え泉川まで見送り、泉川のほとりに馬を止めて別れました。その際に家持が、「私は元気で帰って来よう、無事に慎んで待っていてくれ」と弟に言ったことが回想されています。

平城京から平城山を越えて山背に入るルートとしては、まず「奈良坂」の道が知られます。東大寺の転害門前から現在の県道754号・木津横田線にあたる道を北上し、坂にかかる辺りで旧道に入って般若寺の横を進み、現木津川市市坂を通って泉川の川岸に突き当たる、「般若寺越え」とも呼ばれる道です。

次に、「歌姫越え」として親しまれてきた道があります。平城京大極殿のすぐ東から伸びる現在の県道751号を北上し歌姫町に入り、添御県坐《そうのみあがたにます》神社横を通って、木津川市相楽《さがなか》に出る道です。木津川市域に入ってからは、今の道よりも西の、相楽神社辺りを古道は通っていたでしょう。私は、いかにも古道の趣をたたえる歌姫街道が好きで、よく通ります。しかし昭和五四年に平城宮の北に松林苑遺構が発見され、歌姫越えはその中を通過するので、奈良時代には存在しない道であった、とも考えられるようになりました。また、先に記した般若寺越えも、東に寄りすぎており、東大寺造営に伴って栄えた道であるともいわれています。

そこで古道として、コナベ古墳の東か西を通ってJR大和路線に沿って北上し、木津川市市坂で般若越えに合流する、現在の国道24号に近いルート「コナベ越え」が推定されています。また新たに、平城宮の西、現在の近鉄京都線の通る谷にあたる、「渋谷越え」のルートが、足利健亮氏によって提唱されました。（足利健亮『古代地理研究』・中西進『万葉の歌 人と風土2 奈良』・芳賀紀雄『万葉の歌 人と風土7 京都』参照）

そうすると、越中に赴く大伴家持は、コナベ越えを通って泉川のほとりに出て、書持と別れたのでしょうか。

旅の歌以外では、恭仁京時代にも、平城山の歌は詠まれます。

一重山《ひとへやま》　へなれるものを　月夜よみ　門に出で立ち　妹か待つらむ　（七六五）

故郷は　遠くもあらず　一重山　越ゆるがからに　思ひぞ我がせし　（一〇三八）

一首目は恭仁京の章でもふれた、大伴家持の歌です。「一重山」は平城山をいいます。歌意は、「山ひとつを隔てているだけなのに（逢いにゆけない）、今夜は月が美しいので、今ごろあの人は門口に立って私の訪れを待っているだろうか。」恭仁京に住む家持が、旧都奈良に留まった妻の坂上大嬢《さかのうえのおおいらつめ》を思いやった歌です。

二首目は東宮侍講であった高丘河内連《たかおかのこうちのむらじ》という官人の歌です。「故郷」は旧都の意。恭仁京にあって、「旧都の奈良は遠くもない、平城山を一重越えるだけであるのに、（しかしそれがかなわなくて）あな

た を恋しく思っていた。」という歌です。

恭仁京時代の平城山もやはり、ふるさとやそこに住む親しい人を隔てる山、望郷の山としてイメージされていたようです。

もっとも、奈良に都がある時代、平城京に住む人にとっては、平城山は親しい山でした。奈良の都からは、三方に山が見えます。東には奥深い趣を持つ春日山が連なり、西には形のよい生駒山が眺められます。そうしてすぐ北には、都の背後に接して、平城山の丘陵がなだらかに続いていました。

奈良山を　にほはす黄葉《もみぢ》　手折《たを》り来て　今夜《こよひ》かざしつ　散らば散るとも　（一五八八）

奈良山の　嶺なほ霧《き》らふ　うべしこそ　籬《まがき》が下の　雪は消《け》ずけれ　（二三一六）

あをによし　奈良の山なる　黒木もち　造れる室《むろ》は　座《ま》せど　飽《あ》かぬかも　（一六三八）

一首目は、三手代人名《みてしろのひとな》という人の作。「にほはす」は「染める」意。平城山を染めるもみじを取ってきて今夜髪飾りにすることができたので、もう散ってもよい、と歌います。平城山は、眺めるのみならず、入るべき親しい山だったのでしょう。

二首目は、「雪を詠む」と題する歌。平城山の峰にはまだ霧が立ち込める、なるほどそれで我が家の垣根の雪もまだ消えないのだな。平城山は雪の気に閉ざされています。

三首目は聖武天皇の歌です。「黒木」は皮のついたままの材木。「座《ま》す」は「いらっしゃる」の意で、ここでは聖武天皇の自敬表現です。歌は長屋王の邸宅での宴で歌われたもので、平城山の樹で建てた家はいつまで居ても飽きることがないと、王の邸を称えた歌です。

和束杣山らとともに、平城山は木材を採る山でもあったようです。そうすると、春日山のような神聖な山ではなく、平城山は都人にとってまさに親しい山であったのでしょう。『日本霊異記』にも、橘諸兄の子奈良麻呂が、平城山で鷹狩りをした時の逸話が記されています。

そして、『万葉集』で平城山を詠んだ絶唱といえばやはり、笠女郎《かさのいらつめ》の大伴家持に贈った歌です。

君に恋ひ　いたもすべなみ　奈良山の　小松の下に　立ち嘆くかも　(五九三)

あなたを恋しく思いどうしようもないので、平城山の小松の下で立って嘆いていることよ。北見志保子の平城山の歌と響き合うかのような、一途な思いを詠んだ歌です。

散文の世界に目を転じると、平城山は一種独特な空間でもあったことがうかがえます。

奈良時代の説話を集めた『日本霊異記』に、平城山の怪異譚が載ります。大化二年（六四六）、高麗の僧道登《どうとう》が宇治橋を造るために往来する時に、奈良山の谷に髑髏《どくろ》が在って、人や畜《けもの》に踏まれていました。道登はこれを哀れんで、従者の万侶《まろ》に命じて木の上に置かせます。その年の大晦日の魂祭《たままつ》りに、ある人が万侶を訪ね、恩を報じたいので家に来てほしいと請いました。万侶が行くと、御馳走が設けてあります。男は、自分はあの髑髏である、兄と商いをしていたが、儲けた銀を、兄が自分を殺して独り占めした、以来長年人や畜に頭を踏まれてきたが、大徳の哀れみで苦を免れた、そのご恩返しをさせていただきたかったのだ、と語りました。折しも男の母と兄が、魂祭りのために部屋に入ってきます。万侶は事の次第を話し、兄の悪事が露見した、という話です。（上巻・第十二）

右の「髑髏の恩返し」説話は、平安時代末に成立した『今昔物語集』も載せています。『今昔物語集』には他にも平城山の話があり、巻十九第三十四には、薬師寺の仏事に参加した僧が、京に帰るときに奈良坂で盗人に襲われた話が載ります。続く第三十五にも、薬師寺の舞人玉手公近《たまてのきみちか》が上京する時に、奈良坂で盗人が出て来て、「公近親子を西の谷ざまに追ひ入れて、親をも子をも馬より引き落として、衣を剥《は》ぎて二人ながら松の木に結ひ付け」矢で射殺そうとした話が記されています。

事実の記録としても平安時代後期成立の『更級日記』に、平城山あたりの、奈良坂の盗人の話が記されています。東国に育ち一三歳で上京した作者菅原孝標女《すがわらのたかすえのむすめ》は、二六歳のころ長谷詣でを思い立ちました。しかし古風な母親は「初瀬にはあな恐ろし、奈良坂にて人にとられなばいかがせむ。」と恐れ、実現しませんでした。後年三九歳になって作者は長谷に詣でることになりますが、帰途「奈良坂のこなたなる家」に宿ります。ひどく見苦しく怪しげな家で、恐ろしくて一夜を眠らずに息を殺して過ごしたのですが、朝になってそこは盗人の家であることがわかった、と記されています

京に住む孝標女の母親がうわさを聞いていたように、平城山は当時盗人などのアウトローが潜み、旅人を襲う山として恐れられていたことが分かります。さらに、平城山は境界に位置し、異界に通じる所として、霊魂などの漂う山と意識されていたことも、霊異記の説話などからうかがえます。

長々と古典文学に記される平城山について綴ってきました。北見志保子の「平城山」は特に記紀や『万葉集』の平城山のイメージを踏まえて詠まれています。

⑨　**人恋ふは　かなしきものと　平城山《ならやま》に　もとほりきつつ　堪《た》へがたかりき**

⑩　**古《いにし》へも　つまに恋ひつつ　越えしとふ　平城山のみちに　涙おとしぬ**

⑨の歌の「もとほる」は「歩き回る・徘徊する」意。この歌をはじめて読んだ時、私は『万葉集』

笠女郎の歌（五九三）を思い浮かべました。

君に恋ひ　いたもすべなみ　奈良山の　小松が下に　立ち嘆くかも

そして⑩の歌。「つま」は古語では「妻」「夫《つま》」の両義に用います。「つまに恋ひつつ」平城山を越えた古人《いにしえびと》は、やはり笠女郎であろうと思いましたが、また、「越えし」とあるので、歌姫神社に歌碑の建つ歌（万葉・三〇〇）の作者である、長屋王のことかとも考えました。

佐保《さほ》過ぎて　寧楽《なら》の手祭《たむけ》に　置く幣《ぬさ》は　妹《いも》を目離《めか》れず　あひ見しめとそ

北見志保子の「平城山」は、作者自身が不倫の恋に悩みつつ、平城山を歩いたときに作られたものであろうと言われてきました。

北見志保子は明治一八年、高知県宿毛市に生まれました。小学校を卒業後、故郷で代用教員、訓導として勤務し、明治三九年に上京します。

大正二年同郷の橋田東声と結婚。東声は郷里に知られた秀才で、東京帝大に進学し経済を学ぶ一方文学にも志し、与謝野鉄幹の弟子となっています。二人の恋愛関係は、高知県在住の頃からのものであったらしく、志保子は苦学生の東声に学資を送ったり、東声が病気になった際には親身も及ばぬ看護をした仲であったといいます。

しかし、結婚数年後に北見志保子は、浜忠次郎という青年と親しくなります。浜忠次郎は、東声の元に出入りしていた歌の弟子の一人で、志保子より一二歳年下の青年でした。後に千代田生命の社長となった人です。

大正一〇年頃、二人は恋仲となり、やがてそれが世間に知られ、不倫事件として人々に非難されるようになりました。この頃のことを北見志保子は、「激しい恋愛をして四面楚歌の中にあった」と回想しています。(『女人短歌』25号―北見志保子追悼号―」清水ちとせ「追憶は生きて」)

信州の浜忠次郎の実家では二人の仲を許さず、二人を離すために浜をフランスに留学させました。一方北見志保子は、世間の非難を避けて、夫と別居し奈良に移り、高野山にこもり、やがてまた奈良に戻って、東大寺の東塔竜松院に身を寄せました。北見志保子の歌集『花のかげ』に、

平城山を　いくたび越えて　フランスの　夫《つま》を思ひ堪へたりし　年月《としつき》の流れ

とあるごとく、この頃北見志保子は、傷心を抱えていくたびも平城山辺りを歩き、また磐之媛陵を訪れたようです。「平城山」の歌はこの頃、すなわち大正一二年頃に詠まれたものだろうと言われて来

ました。

しかし「平城山」の歌は、昭和一〇年に高知の文芸誌「柏樹」に「磐之媛皇后御陵」と題して載せられたのが初出で、昭和九年に志保子が奈良を訪れたときに詠まれた歌だということです。北見志保子自身も、人々は平城山の歌をフランスへ行った浜を慕って詠んだものだとよくいうが、そうではなく、ずっと後に磐之媛皇后の御陵に行ったときに作ったものだ、と人に語っていたということです。そして「柏樹」掲載のときの表記は、

古も妻にこひつつ越えしとふ平城山のみちに涙おとしぬ

とあり（傍線稿者）、「妻」を思いつつ平城山を越えたのは男性であり、磐之媛を思って平城山を越えて行った仁徳天皇のことをさすということです。（記紀には、仁徳天皇が平城山を越えたとは記載されず）

「平城山の歌」は、かつて悩みを抱えつつ平城山を彷徨った作者が、後年同じ平城山の磐之媛陵を訪れ、自らの苦しい体験を回想して詠んだ歌であったのです。

「平城山の歌」の背景の事実については、厚芝保一氏に『「平城山」のうたゆえに――北見志保子～その人と文学～』（奈良新聞出版センター）の労作があり、本稿はその書に学ばせていただいたもの

です。

昭和二八年、北見志保子六八歳のときに、母校の宿毛小学校に歌碑が建てられました。志保子が選んだ歌は、

山川よ　野よあたたかき　ふるさとよ　こゑあげて泣かむ　長かりしかな

北見志保子は、ふるさとや母を多く詠んだ歌人です。一首は、歌碑に刻むにはもっと良い歌を、という師友の助言に従わず、志保子自らが選んだ歌でした。長らく故郷に容れられず、晩年になってようやく許され迎えられた万感の思いが、結句の「長かりしかな」にこめられている、と思います。北見志保子は、平城山の歌や歌碑の歌に見られるように、自らの溢れる思いを純粋に表出した、抒情歌人でした。

近現代の平城山の歌をあげておきましょう。

奈良山の　常盤木《ときはぎ》はよし　秋の風　木の間木の間を　縫ひて吹くなり

なら山の　高きに立てば　青によし　月夜の奈良の　見るにしづけし

ならさか の いし の ほとけ の おとがひ に こさめ ながるる はるは きに けり

奈良山を　草萩ふみて　よぢゆけば　頭のそらは　あくまで青し

奈良坂を　越えて入り来し　山城の　道の黍の実　晩夏光《ばんかこう》を浴む

平凡なる　雑木の山を　ひとつ越え　ここより大和と　思ふたかぶり

大和路は　水足らふ田中に　しろしろと　一筋とほりたり　平城山へつづく

今日もまた　奈良山路を　君ひとり　歩み給ふや　夫《つま》を恋ひつつ

平城山の　歌くちずさむ　一時を　まぎるることなく　師はいますなり

ラヂオより　なら山の歌は　流るれど　詠みましし師は　すでにまさぬかも

ならやまの　み歌聞え来《く》　ひと世かけて　ひと筋の道　行きたまひたり

一首目は森鷗外「奈良五十首」の六首目の歌。（五首目には木津が詠まれています）。二首目は佐佐木信綱の歌です。

三首目は奈良坂の「夕日地蔵」を詠んだ、会津八一の歌。八一は自注に「奈良坂の上り口の右側の路傍に俗に『夕日地蔵』と名づけて七八尺の石像あり。永正六年（一五〇九）四月の銘あり。その表情笑ふが如く、また泣くが如し」と記します。よく知られた歌で、内田康夫の推理小説『平城山を越えた女』の冒頭にもこの歌が置かれています。

四首目は川田順、五首目は宮柊二、六首目は上田三四二の歌。そして七首目は、北見志保子の歌です。

八～一一首目は、『女人短歌』第25号「北見志保子追悼号」の追悼歌から採りました。順に、木田園子・齋藤俊子・高野照代・津田百合江の詠。

追悼歌にあるごとく、北見志保子は、「平城山の歌」によってこそ人々に記憶され、まさに「ひと筋の道」を生き抜いた歌人でした。

九、万葉集　相楽山

⑪ うつせみの　世の事なれば　外に見し　山をや今は　よすかと思はむ

『万葉集』巻三「死にし妻を悲傷《かなし》びて、高橋朝臣の作る歌一首并せて短歌」と題する挽歌の、長歌に続く一首目の短歌です。（四八二）亡くなった妻を山に葬り、今までは縁のないものだと思っていた山を、これからは妻の形見と思おう、と歌います。

第四句の「山」は相楽山のことです。私たちに親しい「相楽」の地名、この章は、「相楽山」とはどの山をいうのかをさぐってゆきたいと思います。

まずは、短歌に先立つ長歌を口語訳とともにあげましょう。（歌の表記と口語訳は、小島憲之・木下正俊・佐竹昭広著「小学館日本古典文学全集『萬葉集』」によりました）

白たえの　袖さしかへて　なびき寝《ね》し　我《わ》が黒髪の　ま白髪《しらか》に　成りなむ極《きは》み　新代《あらたよ》に　ともに

あらむと　玉の緒《を》の　絶えじい妹《いも》と　結びてし　ことは果たさず　思へりし　心は遂げず　白

たへの　手本を別れ　にきびにし　家《いへ》ゆも出でて　みどり子の　泣くをも置きて　朝霧の　おほになりつつ　山背《やましろ》の　相楽山《さがらかやま》の　山のまに　行き過ぎぬれば　言はむすべ　せむすべ知らに　我妹子《わぎもこ》と　さ寝しつま屋に　朝《あした》には　出で立ち偲《しの》ひ　夕《ゆふへ》には　入り居嘆《ゐなげ》かひ　わき挟《ばさ》む　子の泣くごとに　男《をとこ》じもの　負《お》ひみ抱《いだ》きみ　朝鳥《あさとり》の　音のみ泣《な》きつつ　恋ふれども　験《しるし》をなみと　言問《ことと》はぬ　ものにはあれど　我妹子《わぎもこ》が　入りにし山を　よすかとぞ思《おも》ふ

（白たへの）袖《そで》を交わして　横たわって寝た　この黒髪が　真っ白に　なりはてるまで　新しい時代を　共に生きよう　（玉の緒の）二人の仲は絶やすまい妻よと　誓いあった　言葉もむなしく　思っていた　心もあだになって　（白たへの）私の許から離れて　住みなれた　家も後にし　赤子の　泣くのもそのままに　（朝霧の）姿もおぼろになって　山城の　相楽山《さがらかやま》の　山間《やまあい》に　見えなくなったので　言うすべも　するすべもなくて　わが妻と　寝た寝室に　朝は　出て思い出し　夕方は　はいって嘆き　脇《わき》に抱いた　子が泣くたびに　男のくせに　負ったり抱いたりして　（朝鳥の）声あげて泣きながら　恋い慕っても　その甲斐がないので　ものを言わぬ　ものではあるが　わが妻が　隠れたあの山を　せめてもの形見と思うことだ

長歌に続いて⑪の短歌が詠まれ、さらに次の一首が置かれています。

朝鳥の　音《ね》のみし泣かむ　我妹子《わぎもこ》に　今また更に　逢《あ》ふよしをなみ（四八三）

（朝鳥の）声をあげて泣こう　亡き妻に　いまさらもう　逢うわけもないので

長歌は、白髪になるまで共に生きようと誓った妻が、作者から離れて、赤子をも置いて、朝霧のようにおぼろになって「山背の相楽山の山のま」に入り隠れた、と歌います。原文の表記は「山代乃相楽山乃山際」。そして、なす術もなく「我妹子《わぎもこ》が入りにし山」を妻の形見と思おう、というのですから、作者は妻を相楽山に葬ったのでしょう。

一三〇〇年前に『万葉集』に詠まれた相楽山は、現在にその姿を残すのでしょうか。また、今存在するとするならば、どの山をそれと定めるのが適当なのでしょう。

『万葉集』の注釈書にあたります。私たちが一般の図書館で手に取れるものを調べると、

・「京都府相楽郡の山。」（岩波「日本古典文学大系」）
・「京都府相楽郡の山々を総称したものか、あるいは同郡木津町相楽の地をさすか、不明。」

（小学館「完訳日本の古典」同じ訳者による「日本古典文学全集」も同じ）

・「京都府相楽郡の山。」（新潮「日本古典集成」）

・「未詳。京都府相楽郡の山々を総称したものであろう。」（岩波「新日本古典文学大系」）

などと記されています。いずれの注釈書も、どの山ともはっきり特定していません。

古典文学の注釈書によく採られている吉田東伍の『大日本地名辞書』は、

・相楽山即大和の国界にして奈良坂或は歌姫越とも称す、万葉集の長歌に句あり、朝霧のおほになりつゝ、山代の相楽山の山の際を……。

と記し、相楽山を奈良山（平城山）のことと説明しています。

江戸時代の地誌類を繙くと、相楽山を載せるものが多くあります。

そのなかから場所を特定するものをあげると、『扶桑京華志』（松野元敬　一六六五）と『雍州府志』（黒川道祐　一六八六）は、相楽郡の西北にある山とします。前者は、

相楽山　相楽郡ノ西北ニ在リ

と記し、後者の記述も「相楽郡ノ中 西北ニ在リ」とほぼ同じで、さらに、

泉川　相楽山ノ東南ニ在リ元ト挑河《イトミ》也

と、泉川（木津川）との位置関係も記します。これによって相楽山は、現在の精華町あたりの山を示していることが分かります。

これに対して関祖衡《せきそこう》の『山城志』（一七三四）は「相楽山　相楽村西」と記し、相楽村（現木津川市相楽）に範囲を絞り、相楽山はその村の西にあると示しています。

近代以降の万葉集の注釈書からも、相楽山の注を拾いましょう。

・『萬葉集総釋』（吉沢義則　石井庄司　一九三五）
「相楽山　山城国相楽郡の地、何処の山を指すか明らかでない。」

・『萬葉集講義巻第三』（山田孝雄　一九三七）
「相楽山之　旧訓『サカラノヤマノ』とよみたれど、考に『サガラカヤマノ』とよめるをよしとす。和名類聚抄には『相楽郡佐良加加』又『相楽郷佐加良加』とあり。サガラといふは、後の略語なり。これは相楽郡の山なるべきが、今特にかく名づけたる山なし。されど、かの和束山などももとより相楽山ともいひうべき山なり。とにかくにここにもこの山の中のいづこかに葬りしなり。」

・『萬葉集私注』（土屋文明　一九五六）
「サガラカヤマノ　サガラカは山城に相楽郡相楽郷がある。今相楽村の附近が古への相楽郷であらうといふ。さうすれば此の挽歌はなほ奈良の故京にての作で、歌姫を越えて葬られてゆく妻を歌つて居ると見るべきであらうか。或は単に相楽郡の山と見れば久邇京にての作とも見られる。」

・『萬葉集注釋』（澤瀉久孝　一九五八）
「山城の相楽山の　『相楽』は山城国の郡名。和名抄、郡名にも郷名にもあり、共に『佐加良加』（高山寺本「佐賀良賀」）とある。サカラカがサガラと略され、今はサウラクと音読されてゐる。郷名の方の相楽は最近まで村名に残つてゐて、奈良電山田川駅付近の地である。もし郷名によると、奈良山（一・一七）から今の奈良電車の線路に近い道を北へ出てそのあたりの山へ向つた事になり、郡名だとするとそこに限らず、東の方久邇京近くの山をさしたとも考へられる。相楽山の名は伝はらず、いづれとも定め難いが、とにかく奈良山の北にある相楽郡内のいづこかの山をさしたものである。」

・『萬葉集全注』（西村一民　一九八四）
「相楽山　京都府相楽郡の山々の総称か、あるいは同郡木津町相楽の地の山か不明。」

・『萬葉集釋注』（伊藤博　一九九六）
「相楽山　京都府相楽郡の山。相楽郡は奈良山の北に続く。久邇京での作か平城京での作か不明。この歌の天平十六年（七四四）七月段階、都は難波にあったが、上の両京のいずれにも官人のいくたりかは残っていただろう。」

・『万葉集全解』（多田一臣　二〇〇九　筑摩書房）
「相楽山　京都府木津川市および相楽郡の山。いずれの山かは、未詳。」

さらに、万葉地名を考証した書物にあたりましょう。

第一に参考にすべきは、奥野健治『萬葉山代志考』（一九四六）です。本書は考証の根拠となる資料を能うるかぎりあげていること、また記述が詳細にわたることで、類書に優れます。相楽山の項でも、相楽について多くの資料を引用したうえで、

相楽山。前記の如く恐らく奈良山の裏面、相楽郷に属する方面の称か。例へば生駒山の河内国日下に属する一面を草香山と称ふるが如し。地誌類に郡郷の西北部即山田川以北の山名なるが如く云へるは例の推当に過ぎず。講義に、今は山名として残りゐざる故を以て「かの和束山などもともより相楽ともいひうべき山なり」と云はれたるは、自由なる解釈なれど（評釋にも「相楽郡の山の汎称」とあり）、相楽山は和束にもあらず、活道山・狛山・鹿背山等に当るにもあらずして、恐らくは久邇都にて妻を失ひ屍を旧居平城京方面に移せしか、或は其途中なる古墳地帯奈良山中に葬りしか、右の如く思考し得べければ、相楽山を広く相楽郡の何れかの山名と看做すよりも、限定されたる相楽郷内の山名即大和路に沿ふ山地と見るが、此場合には適当ならむかと思はるるなり。此奈良山帯は小丘の聚落より成りて主峰無し。之を別に一重山と云ふ。

と、他の注釈書にも触れつつ記述しています。奥野氏によれば、相楽山は奈良山の裏面、すなわち北

側の称であり、山城の相楽から南に見える、平城山の相楽郡に属する側を呼ぶ名である、としています。

山城の万葉地名を調べるには大井重三郎『萬葉集山城歌枕考』（一九三六）も貴重な書物です。同書も、相楽山の項を設け、上代の相楽郡の境域が昭和時代より狭かったことを述べ、『日本書紀』・『和名抄』・『山州名跡志』の「相楽」の記述を引用したうえで、

相楽山は相楽郡西部地帯、相楽村山田荘村を中心とする南北に長く延びた幅広き丘陵性の山彙である。北は綴喜の山野に接し、南は奈良山の支峰佐紀山に連なり、東は木津盆地を距てて鹿背山に面し、木津川を堺として狛山地方に對してゐる。所謂相楽山は山城国の最南部を占める相楽郡の山である。故に此の地方を俗に上山城と云ふ。

と、記します。根拠は示されませんが、非常に具体的な説明で、相楽郡の西部地帯を南北に連なる丘陵を広く相楽山に比定しています。

現代の書物で私がバイブルとして繰り返し繙いているのは、芳賀紀雄『万葉の歌 人と風土7 京都』です。本書は、

そうした特徴的な内容をもちつつも、『万葉集』についに名を留めなかった高橋朝臣。その人

が亡き妻を葬り、妻を偲ぶよすがとせねばならなかった相楽山も、いまに名を留めない。「相楽」というのだから、想定の仕方は二通りある。広く相楽郡の山を指すのか、絞って相楽郷付近の山を指すのか、そのいずれかであり、現に両説が並び存する。

ただし、ふつうに「相楽」といえば、先の円野比売命《まとのひめのみこと》の地名起源説話からも窺えるように、大化（六四五）以後の行政区としての相楽郡ではなく、相楽郷にあたる元来の地（木津町大字相楽《さがなか》・土師《はぜ》・精華町大字山田あたり）を指すのが、通常であったと思われる。

と、相楽山についての両説をあげ後者を支持し、史書や先行の研究書から「相楽館」・「相楽神社」・「相楽別業」などに言及した後、

ともあれ、高橋朝臣の妻の葬られた「相楽山」も、相楽の地にちなむものだろう。相楽は、南は奈良山で、西は生駒山山地の東裾の丘陵状の山々が連なる。その西（関祖衡・並河永『山城志』）とも、奈良山の相楽側からの呼び名（奥野健治『萬葉山代考』）ともいわれるが、さだかではない。蛇足ながら、いま相楽《さがなか》に、奈良市に接して丘陵地の相楽山《さがらやま》の小字があるけれども、この歌との関係は不詳とせざるをえない。

と、的を絞りながらも、慎重に結論を保留します。なお本書は相楽山の考証に、「小字相楽山」の存在をはじめて指摘します。

以上、様々な書物を引用してきましたが、諸説は、次の六つにまとめられましょう。

(1) 広く相楽郡の山々の総称。
(2) 相楽郷（現在の木津川市相楽・旧相楽村）付近の山。
(3) 奈良山・あるいはその裏側（山城側）の呼称。
(4) 相楽郡の西を南北に連なる幅広い丘陵状の山。
(5) 相楽郡の北西の山。
(6) 相楽郷（現在の木津川市相楽・旧相楽村）西の山。

これらの諸説を検討し、『万葉集』詠まれた相楽山に、少しでも近づいてみたいと思います。

まず、『万葉集』巻三「死にし妻を悲傷《かなし》びて、高橋朝臣の作る歌一首并せて短歌」の作歌年代と作者について知らねばなりません。

歌は、巻三の大伴家持の安積皇子挽歌（天平一六年三月作）の次に配列されており、天平一六年（七四四）七月の作かと注されていますが、この年は二月に恭仁京から難波へ遷都されているので、別の年の作かとも考えられています。

作者については歌の後に「右の三首は、七月二十日高橋朝臣の作る歌なり。名字未だ審《つばひ》らかならず。ただし奉膳《かしはで》の男子《をのこ》と云ふ。」と記されています。「奉膳」は天皇の食事を司る内膳司《ないぜんし》の長官で、高橋氏は代々内膳司の任に当たりました。「男子」はその息子の意で、歌の作者は、名前は分かりませんが、当時内膳司長官であった人（天平一七には高橋国足の名が記録される）の息子高橋某であろうとされています。

歌は、恭仁京時代に詠まれたものか、天平一六年だとしても、作者は旧都恭仁京に残っていて、恭仁で詠んだものでしょう。あるいは、恭仁で亡くなり葬った妻への哀悼の思いを、後になって詠んだものとも考えられます。

いずれにせよ作者の妻が亡くなったのは恭仁京時代であり、作者が悲しみの思いを抱きつつ相楽山を眺めたのは、恭仁京域からでしょう。その根拠は、何よりも妻を相楽山に葬っているからです。相楽は、恭仁京に因む地です。難波で亡くなった妻をわざわざ「山背の相楽山」へ葬ることは考えられませんし、平城京時代は、佐保山や高円山に葬った歌が『万葉集』に詠まれています。相楽山に葬る歌は、この歌の一例があるのみです。因みに、長歌の「新代にともにあらむと」の「新代」を、恭仁京に遷都された新しい代と解するべきではなかろうかと、私は考えています。

次に、「相楽」の場所についてです。

相楽の地名が書物に見えるのは、『古事記』垂仁天皇（第一一代）の巻に載る、相楽の地名起源説話が最初のものでしょう。

垂仁天皇は、亡くなった皇后沙本毘売《さほびめ》の遺言によって、丹波から、比婆須比売命《ひばすひめのみこと》・弟比売命《おとひめのみこと》・歌凝比売命《うたこりひめのみこと》・円野比売命《まとのひめのみこと》の四人を召し上げましたが、二人の姉を留めて、妹二人は容貌が醜いというので、国に返しました。円野比売命はこれを恥じて、「同じ姉妹であるのに、姿が醜いので返されたことが隣里に聞かれるのが恥ずかしい」と言って、帰途「山代国之相楽」に至ったときに、樹の枝に懸《さが》って死のうとしました。それでその地を「懸木《さがりき》」と名付けたのを、今は「相楽」と云うのだと記します。さらに、円野比売命は弟国に至ったときに遂に険しい淵に堕ちて亡くなった、それでその地を堕国と名づけたのを、今は弟国（乙訓）と云うのだと記しています。現在、木津川市相楽堂ノ浦の木津平城線（府道751号）沿いに、懸木社が祀られています。

その後にも「相楽」は、欽明朝の迎賓館「相楽館」、奈良時代の橘諸兄の別荘「相楽別業」など、史書に見られます。

平安時代中期の辞書『和名類聚抄』には、
相楽郡　相楽・水泉・賀茂・大狛・蟹幡・祝園

とあり、さらに資料によって郷名などを考証した池邉彌『和名類聚抄郡郷里驛考證』は、右の六郷の他に、

岡田郷・恭仁郷・久江里・鹿鷺郷・大川原郷・有市郷・土師郷

を加えます。

これらを見ると、奈良時代の「相楽郡」は、二〇〇七年までの相楽郡（今日の木津川市と相楽郡）に含まれる、それよりやや狭い地域であり、また「相楽郷」は、円野比売命の通過したルートや『和名抄』に水泉（泉郷）と区別していることから、今日の木津川市相楽地区とほぼ同じ境を言ったものと思われます。

それでは、相楽山について諸説を検討しましょう。

法泉寺境内からの相楽の眺め　遠方左手に狛山右手に鹿背山が見える

まず(1)は、相楽山を広く相楽郡の山々を総称して言うとします。
しかし、『万葉集』には、相楽郡の山がそれぞれ固有の山名で詠まれています。

布当山《ふたぎやま》　山なみ見れば　百代《ももよ》にも　変るましじき　大宮ところ　（一〇五五）

娘子《をとめ》らが　続麻《うみを》懸《か》くといふ　鹿背《かせ》の山　時しゆければ　都となりぬ　（一〇五六）

狛山に　鳴くほととぎす　泉川　渡りを遠み　ここに通はず　（一〇五八）

我が大君　天《あめ》知らさむと　思はねば　おほにぞ見ける　和束杣山《わづかそまやま》　（四七六）

「布当山」はおそらく恭仁宮のある「布当原」背後の山、「鹿背山」は今もその名で呼ばれる木津川市鹿背山地区の山、「狛山」は木津川市山城町上狛背後の山並みを呼びます。「和束杣山」は漠然と和束の山々を言いますが、それでも相楽郡の特定の地域の山を呼んだものです。また、万葉には見えませんが、東部の笠置山も万葉時代からその名で知られていたでしょう。

ですから、高橋朝臣の挽歌の相楽山を、漠然と相楽郡全体をいったものとは考えにくいように思います。

亡き人の形見として山を詠んだ歌では、大伯《おおくの》皇女《ひめみこ》の挽歌が知られます。

うつそみの　人にある我れや　明日よりは
二上山を　弟背《いろせ》と我れ見む　（一六五）

刑死した弟の大津皇子《おおつのみこ》を二上山に葬り、明日からは二上山を弟だと思って見よう、と歌っています。

木津川市相楽より　鹿背山・狛山を遠望する

また大伴家持の妻を悼む一連の挽歌に、

佐保山に　たなびく霞　見るごとに　妹《いも》を思ひ出で　泣かぬ日はなし　（四七三）

昔こそ　外《よそ》にも見しか　我妹子《わぎもこ》が　奥城《おくつき》と思へば　はしき佐保山　（四七四）

の二首が収められています。妻を佐保山に葬り、佐保山にたなびく霞を見ては妻を思い出して泣き、今まで関わりなく思っていた佐保山を妻の墓所だと思うと、佐保山がいとおしい、と詠んでいます。

大伯皇女にとっては二上山が、大伴家持にとっては佐保山が、かけがいのない人の形見となる、具体的な固有の山であったのです。

高橋朝臣の相楽山の挽歌は、柿本人麻呂の「柿本人麻呂、妻死にし後に、泣血哀慟して作る歌」(巻二・二一〇)を踏まえているといわれます。その歌に「……大鳥の　羽がひの山に　我が恋ふる妹はいますと　人の言へば」と詠まれ、またその一連の短歌に、

秋山の　黄葉を茂み　惑ひぬる　妹を求めむ　山道知らずも　(二〇八)

とあり、亡き妻は、あるいはその霊は、山をさまよっていると歌っています。

ですから、高橋朝臣が妻の形見として眺めた山、「我妹子が入りにし山」であり、妻の「よすか(形見)」と思う山も、やはり漠然とした、(1)説の相楽郡全体の山々の総称ではなく、作者にとって、具体的な、特別の山と考えるほうが適当ではないかと思います。(1)の相楽山を相楽郡の山々の総称とする説は、挽歌という歌の性質からみても考えにくいのではないかと思われます。

(1)説を取らないとすると、相楽山は、「相楽」の郷名に因んだ、(2)の「相楽郷（現在の木津川市相楽・旧相楽村）付近の山」ということになります。そう推定する方が、相楽山に迫るのに、より確実性が高いと思われます。

そうすると、(4)「相楽郡の西を南北に連なる幅広い丘陵状の山」は、祝園郷・大狛郷（現在の精華町祝園・下狛）を含むので範囲が広すぎますし、また、(5)「相楽郡の北西の山」は方向が違い、相楽郷を外れてしまうので（相楽郷は相楽郡の南西に位置します）、いずれも相楽山の場所として不適となります。

(2)の「相楽郷付近の山」をさらに絞って考えると、「相楽山」はどの山になるのでしょう。恭仁京域を包む、狛山・鹿背山・布当山・和束の山々以外の山です。

(3)説は、奈良山、あるいはその山背側を相楽山と呼ぶとします。これは多くの古典注釈書が依る吉田東伍『大日本地名辞書』の説であり、山背の万葉の地名考証として最も詳しい奥野健治『萬葉山代志考』の唱える、いわば最も信頼できる権威ある説といえるでしょう。今一度引用すると、前者は「相楽山即大和の国界にして奈良坂或は歌姫越とも称す」と記し、後者は、「恐らく奈良山の裏面、相楽郷に属する方面の称か」と記し、さらに「和束にもあらず、活道山・狛山・鹿背山等に当るにもあらずして」云々と説明し「……限定されたる相楽郷内の山名即大和路に沿ふ山地と見るが、此場合には適当ならむかと思はるるなり。此奈良山帯は小丘の聚落より成りて主峰無し。之を別に一重山と云ふ」と加えています。

しかし、どうなのでしょう。おおけないことですが私には、奈良山を相楽山と呼んだとは思えないのです。平城京に生まれ育った高橋朝臣にとって、大和と山背の境に連なる山並みは、やはり、一まとまりの奈良山として意識され、その名で呼ばれたと思うのです。

奈良山については前章でふれました。記紀に載る仁徳天皇の巻では、皇后の磐之媛が木津川を遡って奈良山に至り、実家の葛城を望みました。『日本書紀』では磐之媛は奈良山を越えており、原文は、

即越那羅山望葛城歌之曰（即ち那羅山を越え葛城を望み、歌ひて曰く）

とあります。山を「那羅山」と呼んでいます。すなわち磐之媛は、山背から、相楽山ではなく那羅山（奈良山・平城山）を越えて大和に入ったのです。

また、『万葉集』巻一、近江遷都の際に大和から北へ向かう額田王の歌も、

味酒《うまさけ》　三輪の山　あをによし　奈良の山の　山のまに　い隠《かく》るまで　道の隈《くま》　い積《つも》るまでに
つばらにも　見つつ行かむを　しばしばも　見放《みさ》けむ山を　心なく　雲の隠《かく》さふべしや

と詠んでおり、ここでも山背側から南を望み、山の北面をも「奈良の山」と呼んでいます。

このように、大和と山背の境に位置する奈良山は、どちら側からでも奈良山（平城山）の名で呼んだと思うのです。長屋王や大伴家持なども旅の歌に詠んでいる奈良山は、前章でふれたように、万葉人にとって特別な思いのこもる山でした。大和を旅立つ人にとっては故郷との別れの山であり、帰還の際には、大和へ着いたのだという感慨と共に眺め、越える山であったと思います。大和と山城を間に連なる山並みは、奈良側からは佐紀山・佐保山とも呼ばれましたが、その山全体は、ひとまとまりに奈良山と呼ばれていたのだと思うのです。

相楽山は『万葉集』で、高橋朝臣の歌一首の例があるのみです。以後の歌集にも、万葉歌の引用以外は、相楽山を詠んだ歌を見ません。相楽山は、わずか四年弱の恭仁京時代に、恭仁京域から眺められた相楽郷付近の山であり、しかも奈良山以外の山であると考えるべきでしょう。

最後に残るのは、(6)の「相楽郷（現在の木津川市相楽・旧相楽村）西の山」とする説です。これは注釈書や地誌のなかで唯一、関祖衡《せきそこう》著『五機内志』の『山城志』が唱えるものです。

この説を念頭に置きながら、もう一度江戸時代の地誌を繙くと、山城の地誌として名高い白慧の『山州名跡志』（一七一一）に、

相楽　所名　在土師西南。　後在山　土人云佐賀那加《サガナカ》

とあります。相楽は土師（吐師）の南西に位置し、背後に山があるというのです。これが相楽山と考えられましょう。

さらに『山城名跡巡行志』（浄慧　一七五四）はより詳しく、

相楽　村名　在木津西土師南属邑三

○相楽山　在当村後 有古歌万葉集

とし、この村の後ろにある山こそが万葉の相楽山であると記します。さらに続いて、

△歌姫越　在同村南国界三十町許至和州添下郡歌姫　（同村の南国界に在り　三十町許《ばかり》和州添下郡の歌姫に至る）

と、相楽山とは別に歌姫越え（奈良山）の項を立て、両者を明確に区別しています。

相楽山は、相楽村（旧相楽郷）の後ろにあるこの山と見なすべきでしょう。

ここからは、現地を訪ね故老にお話を伺い、さらに地域の資料と照らしましょう。注釈書などは、現在相楽山の名は伝わらないとしますが、私はかつて故老が「相楽山」の名を口にされるのを、聞いたことがあったのです。

旧相楽郷・相楽村、すなわち現在の木津川市相楽に立って眺めると、まさに「後ろ」に丘陵があります。

私の勤務する木津川市兜台の府立南陽高校から、校舎のすぐ北側にある道路、東西幹線1号線を東に下り、相楽中部消防署木津西出張所を過ぎ、近鉄京都線を越え、京阪奈自動車道の下をくぐると、すぐ右手（南側）に山が見えてきます。そこから少し先の木津川市相楽才ノ神、真言宗法泉寺を訪ね、ご住職の明平正覺氏に伺いました。

ご住職氏は、法泉寺のお堂の裏手（西）にある山、すなわち先に車中から見えた山が、まさに地元でいう相楽山であると教えて下さいました。法泉寺は、相楽山の裾に位置することになります。旧故老はサガラ山と呼ばれるそうです。サガラカ山と呼んでいたのが、転訛したものでしょうか。旧相楽村の人たちは、法泉寺の背後から南に向かって続く丘陵を相楽山と呼び慣わしていたのでした。

現在は住宅地に開発されましたが、それは山と呼ぶにふさわしいものであったでしょう。

お寺と道路を隔てた北側の丘陵は、相楽山ではなく、妙法寺山と呼ばれていたそうです。明平氏は、東西幹線1号線は新しい道で、かつては相楽山と妙法寺山の谷にあたる、獣道のような細い道があったと教えてくださいました。そして相楽山は、嶺の東側を相楽山、西側を土師山《どしやま》と呼ぶこともあり、山は、かつては奈良県の平城まで続いていたということです。

ここに相楽山を記す地域の資料があります。たまたま宇治市図書館で見つけたもので、明治時代に編纂された『京都府地誌』（一八八一〜一八八四）という書物です。その『相楽郡村誌一』「山城国相楽郡相楽村」の「山」の頁に、

相楽山　高三十丈、周回廿五丁、村ノ南ニアリ。全山本村ニ属ス。山脈南方大和国添下郡歌姫村ニ連ル。樹木稀生ス。登路一条字小畑ヨリ上ル。昇リ一丁易ナリ。

兜谷山　高三十丈、周回廿五丁、村ノ西南ニアリ。全山本村ニ属ス。山脈西方大和国添下郡押熊村ニ連ル。小松疎生ス。登路一条字井出上ヨリ上ル。昇リ二丁易ナリ。

と非常に詳しく記されています。

これを『木津町史』（一九九一・木津町）付録の、住宅開発前の地名を記した「木津町字界・通称町名境界図」に照らすと、記述とぴったりと一致しました。明治時代の相楽村（吐師を含む）の南方

にあたる位置に山があります。山の位置は、関祖衡の『山城志』に記す、江戸時代の相楽村（吐師村と区別する）の西にあたるでしょう。相楽の地元に住む方々の生活感覚では、集落の南西にある山と意識されているようです。

山は、法泉寺辺りを北として奈良の県境へと南に伸びています。三角点の標高に九〇メートルとあり、『相楽郡誌』の「高さ三十丈」に一致します。地図には嶺の西側を相楽山、東側を土師山と記し、相楽山の小字名も記してあります。

地元相楽に代々住んでおられる、曽根山在住の長岡金吾氏にお教えを頂きました。

地元では、土師山と相楽山を合わせた山全体をも、相楽山と呼んだということでした。「サガラヤマ」とも「サガナカヤマ」とも言い、相楽台の住宅が開発されるまでは、今より高い山であったということです。

相楽山の西の谷が、現在の近鉄京都線です。そうして近鉄線の西側にある山が、『相楽郡村誌』に記す兜谷山でした。

相楽山は、相楽の人たちの里山というべき山でした。山には田畑も少しあり、村人は山へ薪や松茸などを採りに入りました。奈良電鉄（現在の近鉄京都線）が敷かれるまでは、谷は街道が通っていました。兜谷山には山田荘村との境に兜谷遺跡があり、古くはお参りする人もいたものの、相楽の人たちは、普段は谷の西側へは行かなかったということでした。

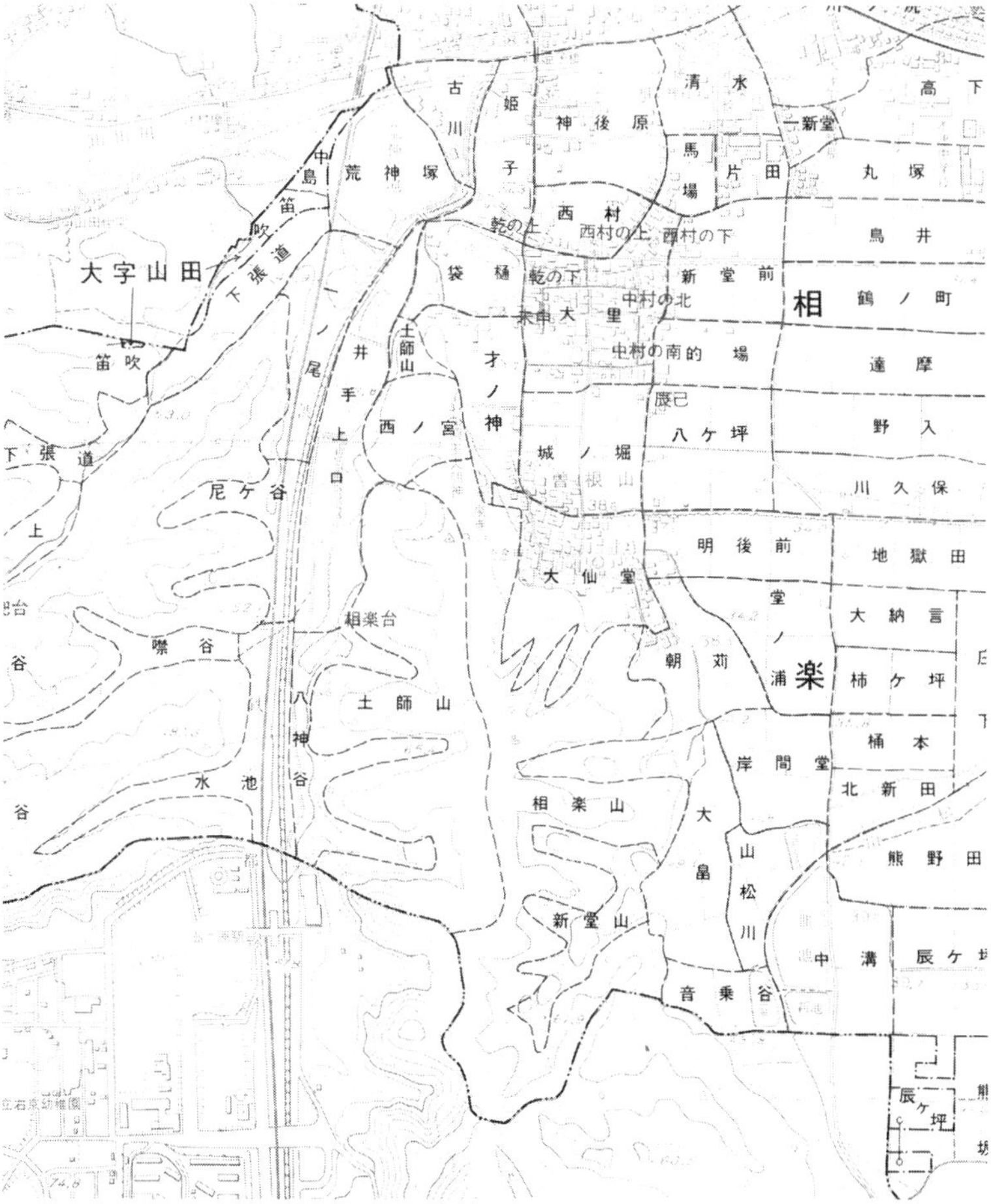

木津町字界・通称町名境界図（「木津町史 史料篇Ⅲ」より）

毎年四月三日の春祭りには、「山帰り」といって、村中の人がよもぎ餅やごちそうを作り、各自蓆《むしろ》を持って山に登り、山上から景色を眺めて一日を過ごしたということでした。そうして相楽山は、奈良山に続いてはいるが、奈良山とは明らかに区別した、別の山を言いました。地元では奈良山のことを、大和山、あるいは歌姫山と呼んだそうです。

かつての相楽山にまつわる、貴重なお話を伺うことができました。

万葉集に詠まれた「相楽山」を推定してみましょう。

万葉時代の恭仁京付近の山をみると、平城山・狛山・鹿背山などの山があり、それらは単独の山ではなく、広がり続く丘陵や山々を指して呼んだものです。ですから、相楽山も、故老の呼ばれる妙法寺山をも含んで、相楽郷の南西を南北に続く丘陵地を指して呼んだものだと思うのです。狛山が狛集落の背後の丘陵をいうごとく、相楽集落の背後の丘陵全体を相楽山と呼んだと考えるべきでしょう。

そうして、南は大和との国境から、北は山田川の南までの丘陵を相楽山と呼んだのだと考えます。ちなみに山田川を相楽川と記した古代の絵図があります。(「大和国添下郡京北班田図」(鎌倉時代・西大寺蔵))。

山田川の北、現在の木津川台地区にあたる位置にも丘陵がありました。この丘陵も相楽山に含む地誌もありますが、この丘陵は、旧相楽村吐師《はぜ》地区の山です。故老にお伺いすると、予想通り、かつては吐師山《はぜやま》と呼んでいたのだと言われました。吐師（土師）は、古代土師器《はじき》を作った特殊な職集団の居住地で、全国に地名が残ります。現木津川市の吐師の文献上の初見は鎌倉時代ですが、おそらく古くからあった地名で、その西の山は、やはり昔も吐師山と呼ばれていたのではないでしょうか。

⑪　うつせみの　世の事なれば　外に見し　山をや今は　よすかと思はむ

高橋朝臣の妻を悼む挽歌は、おそらく恭仁京時代に詠まれた歌で、朝臣は恭仁京域のいずこかに立って、「山背の相楽山」を眺めています。⑪の歌意は、

はかない仮の世のことであるのでこれまで関わりのないものと思って見ていた相楽山を　今は妻の形見と思おう

そして⑪の歌に先だつ長歌に「……朝霧の　おほになりつつ　山背《やましろ》の　相楽山《さがらかやま》の　山のまに　行き過ぎぬれば……」と歌います。

相楽山の注については、

相楽郷（現木津川市相楽）南西の丘陵一帯を呼んだものであろう。丘陵中に、故老の相楽山《さがらやま》と呼ぶ山があり、一帯は相楽台の住宅が開発される昭和時代までは小字相楽山《さがらやま》の地名があった。

とするのが、現在のところの私の案です。相楽山が具体的になり、歌も詠まれた地に引き付けて、身近なものとして鑑賞できるのではないでしょうか。

相楽山

一〇、万葉集　山吹の瀬

⑫　**秋風に　山吹の瀬の　鳴るなへに　天雲翔《あまぐもかけ》る　雁に逢へるかも**

『万葉集』巻九「宇治川にして作る歌二首」と題する連作の、二首目の歌です。

巨椋《おほくら》の　入江とよむなり　射目人《ゐめひと》の　伏見が田居《たい》に　雁渡るらし（一六九九）

という、巨椋池《おぐらいけ》を詠んだ歌の次に置かれたもので、⑫の歌は、宇治川のほとりを行く旅人が、秋風に響く山吹の瀬の音を聞くと同時に、空をゆく初雁に逢った詠嘆を詠んでいます。

歌には、宇治に名高い歌枕「山吹の瀬」が詠まれています。

この章では、山吹の瀬について、そのいわれや、それが宇治川のどこをさしたものかを探ってゆきたいと思います。

まず、『万葉集』の原文をあげましょう。

金風山吹瀬乃響苗天雲翔雁相鴨　（『藍紙本』・『類聚古集』などは「雁」の字無し）

この章の冒頭にあげた読みは、小島憲之・木下正俊・佐竹昭広『完訳日本の古典　萬葉集』（一九八九・小学館）によったものです。今私たちが図書館で見る注釈書は、だいたい同じように読んでおり、沢瀉久孝『萬葉集註釈』以降、読みが統一されてきているようです。

しかし、歌は「岩波古典大系」が「初二句古来難訓」と注するごとく、古来様々に訓まれてきました。

⑫の歌の載る、最も古い万葉集の写本は『藍紙本』（伝藤原公任筆、『万葉集切』ともよばれる平安時代の写本）ですが、そこには原文の左に訓みがひらがなで記され、

あきかせのやまふくせゝのひゝくなへあまぐもかけるかりにあへるかも

と読んでいます。すなわち『藍紙本』は、「山吹瀬」を地名ととらず、「秋風の山吹く瀬々の」と訓み、秋風が山を吹き川の瀬々が鳴るという意味に解しています。『藍紙本』の読みによると「山吹の瀬」は存在しないことになってしまいます。

他の書物にもあたってみましょう。

平安時代に編纂された私撰和歌集『古今和歌六帖』に、⑫の歌が採られており、

秋かぜにやまぶきのせのひびくさへ空なる雲のさわぎあへるかも

としています。歌集は、天禄から円融天皇の代（九七〇～九八四）に成立したと考えられ、選者は、紀貫之とも具平親王とも源順とも言われています。現在の注釈書の読みと下の句が大きく異なりますが、「山吹瀬」を地名であると解しているのが確かめられます。

また、万葉集最古の注釈書である平安時代の『秘府本萬葉集抄』は、原文右に、

アキカセニヤマフキノセノヒヽクナヘアマクモカケルカリカヘルカモ

と訓みを記し、「ヤマフキノセトハ宇治川ニ有所名也」と注します。万葉集の最古の注釈書は、場所は特定しませんが、山吹の瀬を、宇治川の地名であると説いています。

両書によって、平安時代にすでに「山吹瀬」を「山吹の瀬」と読み、地名と認めていたことがわかります。

さらに、万葉集二〇巻が全てそろった最も古い写本である『西本願寺本萬葉集』（鎌倉時代後期、現在の注釈書が底本としている写本）を見ると、

アキカセノヤマフキノセノナルナヘニアマクモカケルカリニアヘルカモ

と記し、「山吹の瀬」と地名に読んでいます。

鎌倉時代の学僧仙覚による『萬葉集註釋』（『仙覚抄』）は、最初の本格的な万葉集注釈書として評価の高いものです。諸本を校合し、校本を作成して、大系的な注釈作業のなされた学問的注釈書で、以後の万葉集研究に大きく影響を与えました。その『仙覚抄』を繙くと、

あきかせのやまふきのせのひゝくなへあまくもかけるかりあへるかも

と、「山吹瀬」を地名に読んでいます。しかし一方で「このうたの上句或本にはあきかせのやまふくせゝのなるなへにと点せり。……此点もそのいはれありてきこゆ。」と解説してあり、地名と読まない説の可能性も認めています。

結局、『仙覚抄』においても、「山吹の瀬」を地名と読むや否やについて、最終的な結論を保留して

いることがうかがえます。

「山吹瀬」を地名とするかしないかについては、近代以降の注釈書においても、解釈が分かれてきました。代表的なものを一つずつあげましょう。

土屋文明『萬葉集私注』（一九五一・筑摩書房）は、

○ヤマブキノセノ　地名と見える。宇治河作歌であるから、宇治附近の急流を呼んだものと見えるが、他には所見がない。そこでアキカゼノヤマフキテセノといふ訓も生ずるわけである。それも理屈の通る訓ではあるが、地名とする方が意味が単純になり、調べが伸々として来る。

と注します。いかにも歌人らしく実作者として、歌の意味と声調の面から「山吹の瀬」と地名にするのがふさわしいと説いています。

武田祐吉『萬葉集全註釋』（一九五六・角川書店）は、

ヤマフキノセと読む説は、宇治川に山吹の瀬という名所があるというが、それは疑問で、その地名は、この歌あたりから云いだしたことだろう。秋風が山を吹く実景と、見るべきである。

と、地名説を否定しています。

また、歌の用字から地名説を否定する論もあります。（大坪併治『訓点語の研究』）『万葉集』に山吹は普通「山振」と記される、「山吹」と表記されるのは、天平勝宝二年（七五〇）（巻一九・四一八五）以降であり、⑫（巻九・一七〇〇）の歌の用字としては新しすぎる、というものです。

土屋文明が「他に所見がない」と記すように、「山吹瀬」は、奈良時代以前の他の資料に用例を見ず、万葉集の⑫の歌が文献上初出のものです。

平安時代に入っても、山吹の瀬はなかなか例が見出せず、歌集では『古今集』を始めとする勅撰八代集に、山吹の瀬を詠んだ歌が一首もありません。また、歌物語である『伊勢物語』・『大和物語』などにも記されていないのです。

『源氏物語』は、井手の山吹や、近江の歌枕山吹の崎を記しますが、山吹の瀬は記しません。物語の後半に宇治を舞台とし、匂宮と浮舟との逢瀬に歌枕「橘の小島」を場所としながらも、山吹の瀬についてては、どこにも触れていないのです。

平安時代は貴族の間で初瀬詣でがさかんになされ、道中に宇治川を渡りました。『蜻蛉日記』や『更級日記』などに初瀬詣での紀行がありますが、それらにもやはり山吹の瀬は記されていません。

当時の物語や紀行は、歌枕に関心を示し、歌を踏まえながらその地を描写するものです。平安時代の貴族にとって、山吹の瀬は、歌枕として、また実際の地名として、意識にのぼらなかったのではないかと思われます。

山吹の瀬が、万葉集以後で再び書物に現れるのは、平安時代後期の歌論書においてのようです。藤原範兼（一一〇七〜一一六五）の著した『五大集歌枕』の下巻二一「瀬」の頁に、

やまぶきのせ山城

あきかぜの山ぶきのせのひゞくなべあまぐもかけるかりにあへるかも

或本山フクセゞノナルナベニ。若然者非瀬名歟。此歌、宇治河二首之内也。仍入山城。可尋。

と、「やまぶきのせ」を載せています。『五大集歌枕』は、『万葉集』と、『古今和歌集』から『後拾遺和歌集』までの四つの勅撰集から、項目別に歌枕とその証歌を国別にあげた歌論書です。

「山吹の瀬」の証歌は、やはり『万葉集』で、その解説に「或本」の「山吹く瀬々の」の読みをあ

げ、「若《も》し然《しか》らば瀬の名に非ざるか」と地名でない可能性にも言及しています。

しかしともかくもここに「山吹の瀬」は、歌に詠むべき名所「歌枕」として登録されたのでした。

さらに鎌倉時代に順徳天皇（一一九七〜一二四二）の著した歌論書『八雲御抄《やくもみしょう》』巻五「名所部」に、

瀬　やまぶきのせ　（宇治川也。万葉。）

と山吹の瀬を、歌枕としてあげています。

そうして、これらの歌論書に呼応するように、山吹の瀬は、ふたたび和歌に姿を見せるようになります。二一番目の勅撰集『新拾遺和歌集』（一三六三）に、西園寺公経（一一七一〜一二四四）の、山吹の瀬を詠んだ歌が載せられています。

散りはつる　山吹の瀬に　行く春の　花に棹さす　宇治の川長《かはをさ》

晩春に山吹が散り、宇治川の船頭が水面に浮かぶ花に棹さしている、美しい情景を詠んだ歌です。

もちろん実景を詠んだ歌ではなく、「河欵冬《やまぶき》」の題に対して詠んだものでしょう。

また、後鳥羽院（一一八〇〜一二三九）御製に、

秋風の　やまぶきのせの　いは波に　ぬるよよそなる　うぢのはし姫（『夫木和歌抄』）

の一首があります。上二句に万葉集⑫の歌を踏まえながら、山吹の瀬の岩打つ波（「言はぬ」を掛ける）の音に、恋の悩みも重なるのでしょう、寝られぬ宇治の橋姫を詠み込んでいます。

山吹の瀬の存在が資料で確定されず、その場所も特定されませんが、歌論書に載り、歌の詠まれることによって、山吹の瀬は、宇治川の名所として文人の間に定着していったものと思われます。

山吹の瀬の具体的な場所が記されるのは、世阿弥（一三六三〜一四四三）の謡曲「頼政」が、おそらく最初のものでしょう。

謡曲「頼政」は、諸国見物の僧が宇治を訪れ、平等院で討ち死にした源頼政の亡霊に会う話です。その冒頭、宇治に来た旅の僧（ワキ）は、里の老人（シテ　実は頼政の亡霊）に宇治の名所を尋ねます。

ワキ　向かひに見えたる寺は、いかさま恵心の僧都の、御法を説きし寺候ふな。

シテ　なうなう旅人あれ御覧ぜよ。名にも似ず、月こそ出づれ朝日山、

地謡　月こそ出づれ朝日山、山吹の瀬に影見えて、雪さし下す柴小舟、山も川も、おぼろおぼろ

として、是非を分かぬ気色かな。げにや名にしおふ、都に近き宇治の里、聞きしにまさる名所かな、聞きしにまさる名所かな。

「恵心の僧都の御法を説きたまひし寺」は、恵心院のことで、宇治橋の上流平等院の対岸にある寺院です。そして朝日山は、恵心院やそのすぐ隣の興聖寺の背後にある、歌枕としても名高い山です。謡曲「頼政」の記述によると、僧と老人が恵心院の対岸におり、月が朝日山から出てその光が山吹の瀬に映るというのですから、山吹の瀬は、平等院附近にあった瀬ということになります。

江戸時代になると、地誌や名所案内記が多く出版されました。それらを繙くと、宇治の名所として、山吹の瀬が載せられています。

江戸時代初期の書物には、たとえば『洛陽名所集』(山本泰順　一六五八)が、

欵冬《やまぶき》瀬此所いづれのほどゝしたしかならず

と記すごとく、名所としてあげるものの、場所を特定しないものが多いようです。

戯作者浅井了意の『出来齋京土産』(一六七七)にも、

欵冬瀬その所いづくともさしてたゞしからず。

と記し、『京羽二重』（一六八五）、『名所都鳥』（一六九〇）も、「山吹の瀬」の名は挙げながら、場所はどことも決定しがたいと記しています。

山城国初の総合的地誌として名高い、黒川道祐の『雍州府志』（一六八六）も、

酴醾《やまぶき》ノ瀬在宇治川今不知其所。（宇治川に在り。今其の所を知らず。）

と場所を分からないとしますし、一八世紀に入っても、前期には、山城の地誌として名高く各書に引用される『山城名勝志』（大島武好　一七一一）や『山州名跡志』（白慧　一七一一）も、山吹の瀬を詠んだ歌を挙げるのみで、具体的な場所を示していません。

江戸初期の書物で、山吹の瀬の場所を示すものも、わずかながらあります。

松永野敬著『扶桑京華志』（一六六五）は、

欵冬瀬　在宇治橋西北瀬変為淵今既亡矣。(宇治橋西北に在り。瀬変じて淵と為り、今既に亡し。)

と記し、山吹の瀬は、宇治橋の西北、すなわち宇治橋の下流にあったとします。
貝原益軒も紀行文『和州巡覧記』(一六九二)に、

山吹の瀬は今其所しれず。或云、宇治橋の川下、岡の如き所也。

と記し、また後の著『京城勝覧』(一七〇六)にも、

橋の小島がさきは。むかし洪水にながされつきて今はなし。橋より下に有りしといふ。山ぶきの瀬もその辺にありしといふ。今は其所しれず。

と同じ場所を示し、山吹の瀬は、今は亡くなったが宇治橋の下流にあったのだと説いています。
しかし、これについては、宇治橋下流は、桃山時代以前は巨椋池にすぐ接するので「瀬」は存在せず、また近江国との往還道から外れる故に否定すべきである、との首肯すべき説があり(奥村恒哉

『歌枕』)、私も山吹の瀬が、宇治橋下流にあったとは考えにくいと思います。実際に、一八世紀中頃以降の地誌や名所案内書には、宇治橋下流説を取るものは、管見の限り、見当たらなくなってゆきます。

江戸時代初期の名所案内記で、別の場所を山吹の瀬と特定するものに、北村季吟の『菟藝泥赴《つぎねふ》』(一六八四)があります。季吟は、歌人・俳人として知られ、伊賀時代の芭蕉の俳諧の師にもあたる人ですが、『源氏物語』の注釈『湖月抄』を著すなど、古典研究にも優れた業績を残しています。季吟は『菟藝泥赴』に、

山吹瀬　平等院の北興聖寺の方へよりてあり

と記しています。すなわち、山吹の瀬は、平等院対岸の興聖寺のある、宇治川右岸よりにある宇治川の瀬だというのです。

この説は、実景に根拠を持つものであると思います。近江に生まれ京に住んだ北村季吟は、もちろん宇治の地を踏み、宇治をよく知っていたでしょう。

先ほどあげた『京羽二重』に、「宇治十二景」が紹介されており、その第一が「春岸酴醾《しゅんがんのやまぶき》」です。

宇治川畔に山吹の咲く景色があったことが窺えます。また『都名所車』（一七一四）の興聖寺の紹介に、「花の春はよしのゝさくらをうつし山吹の花おほくよき景地なり」とあり、宇治川の山吹の咲く春の岸辺は、宇治橋上流、宇治川右岸の興聖寺辺りであったことがわかります。そして、その近くの瀬を山吹の瀬と呼ぶのは、人々に自然に受け入れられるものであったでしょう。

『京師巡覧集』（丈愚　一六七九）は、山吹の瀬について、

ウヘナル山吹ノ花夏ニノコリテ見ルガウチニ風ニ引レ山吹ノ瀬ニナガル丶ハ何ニタトフベクモ非

と記します。『新拾遺和歌集』西園寺公経の歌を踏まえたような記述ですが、次に漢詩が載せてあり、その第一句は、

瀧蓋奔騰鳴古今　（滝蓋《たきがつ》して奔騰《ほんとう》し古今に鳴る）

と歌っています。滝の音が聞こえるというこの詩句からは、宇治川右岸が想像されます。この記事も北村季吟の説に同じく、山吹の瀬を、興聖寺付近、宇治川右岸よりの瀬としているもののようです。

興聖寺近くを山吹の瀬とする説は、江戸時代を通してみられるものです。

一八世紀後半に著された『都花月名所』（秋里籬島　一七九三）には、

○山吹瀬　宇治川
河辺より興正寺に至る路を琴阪といふ。左右山吹にして黄金の色を顕す。其かけ（影）河瀬にうつる所を山吹瀬といふ。

と、琴坂の地名もあげ、具体的に記しています。

江戸後期になって、俳人田上菊舎（一七五三〜一八二六）が宇治を訪れています。長府（現山口県下関）に生まれた菊舎は、夫と死別して後剃髪し、仏道・風雅を求めて諸国を旅しました。宇治を訪れたのは寛政三年（一七九〇）で、この時黄檗山万福寺で、

山門を　出れば日本ぞ　茶摘うた

の句を詠んでいます。

その後菊舎は、三室戸寺に詣で、『源氏物語』宇治十帖の碑を訪ねつつ、宇治橋東詰に着き、茶屋通園、橋寺、恵心院へと向かいました。そうして興聖寺に到り、

興聖寺絶景、名にあふ山吹聞きしに増りし花にめでつゝ
波も瀬も　みな山吹の　雫かな

と記しています。(『吉野餞吟行』)

興聖寺の景色は絶景であり、有名な山吹は聞きしに勝るものであったとし、句を詠んでいます。山吹の瀬の名は詠み込みませんが、「波も瀬も」の句は、山吹の瀬をイメージしたものに違いありません。

菊舎の筆によって興聖寺に咲く山吹の実景が想像され、また山吹の瀬が宇治川右岸の興聖寺附近の瀬とされていたことが窺える記録です。

現在の興聖寺は、山吹の花は植えられているものの、そんなに多くはありません。しかし、お寺の方に伺うと、かつては山吹が沢山あり、それはもう戦前のことになるが、と教えて頂きました。猪に食べられて山吹は少なくなったのだということでしたが、お話をうかがい、かつて興聖寺付近には、山吹の瀬を彷彿させる実景が広がっていたことが想像されました。

一八世後半になり、名所案内の決定版ともいえる秋里籬島《あきさとりとう》の『都名所図会』(一七八〇)が上梓さ

れました。『都名所図会』は、京都とその周辺の名所を鳥瞰図とともに詳しく紹介した案内記で、発刊されるやたちまちベストセラーとなり、現在もなおその影印本や解説書が、何種類か出版されています。

『都名所図会』は山吹の瀬について、

山吹瀬は、融大臣此地に別荘ありし時、川岸に山吹多く栽ゑ給ひしより名付けしなり

と、逸話的に記しています。山吹の瀬は、融大臣、すなわち『源氏物語』光源氏のモデルとも言われる源融《みなもとのとおる》（八八二〜八九五）が、宇治の別荘近くの川岸に、山吹を沢山植えたことから名付けられたというのです。源融の別荘とは後に平等院になったところですから、この伝承によると、山吹の瀬は宇治川左岸の平等院の前あたりということになります。

『都名所図会』のこの記述は、もとより文献上の根拠をもたないものですが、山吹の瀬の説明としてよく引用されています。山吹の瀬の場所を示す有力な一説ともなり、江戸後期から今日に到るまで、広く知られ伝えられたものと考えられます。

幕末に出版された『宇治川両岸一覧』（暁鐘成《あかつきかねなる》　一八六三）も、名所図会に倣います。『宇治川両岸一覧』は宇治に特化し、宇治川両岸にある名所を解説したものです。松川半山《まつかわはんざん》の挿絵がほぼ実景を写

したもので、当時の宇治の、詳細なガイドブックであったのでしょう。『宇治川両岸一覧』は山吹の瀬を、

山吹瀬　浮島の向をいふ。融大臣、此地に別荘ありし時、川岸に山ぶきを多く栽給《うゑ》ひしより、名づけしとなり。

と記します。場所は、宇治川中州の浮島、すなわち現在の塔ノ島の向かいであるとし、以下『都名所図会』の逸話をそのまま載せています。挿絵に山吹の瀬は描かれていませんが、宇治の名所案内記『宇治川両岸一覧』も、名所図会を踏まえて、山吹の瀬の場所を宇治川左岸の平等院辺りの瀬と特定しているのが分かります。山吹の瀬を平等院前の瀬とするのも広く浸透した説であったことが分かります。

さて、地元に住む私たちは、もう一種類貴重な資料を目にすることが出来ます。宇治市歴史資料館が蔵する、江戸時代の絵図の数々です。そこに山吹の瀬が記されているのです。

多くの絵図の中から、山吹の瀬の記されている、ⅰ「宇治名所図」・ⅱ「山城国宇治絵図名所記」・ⅲ「宇治名所古跡の図」・ⅳ「宇治名所古跡之絵図」を取り上げてみましょう。

四つの絵図にはいずれも山吹の瀬が明記されており、ⅰは平等院のすぐ側の宇治川左岸に近い瀬を

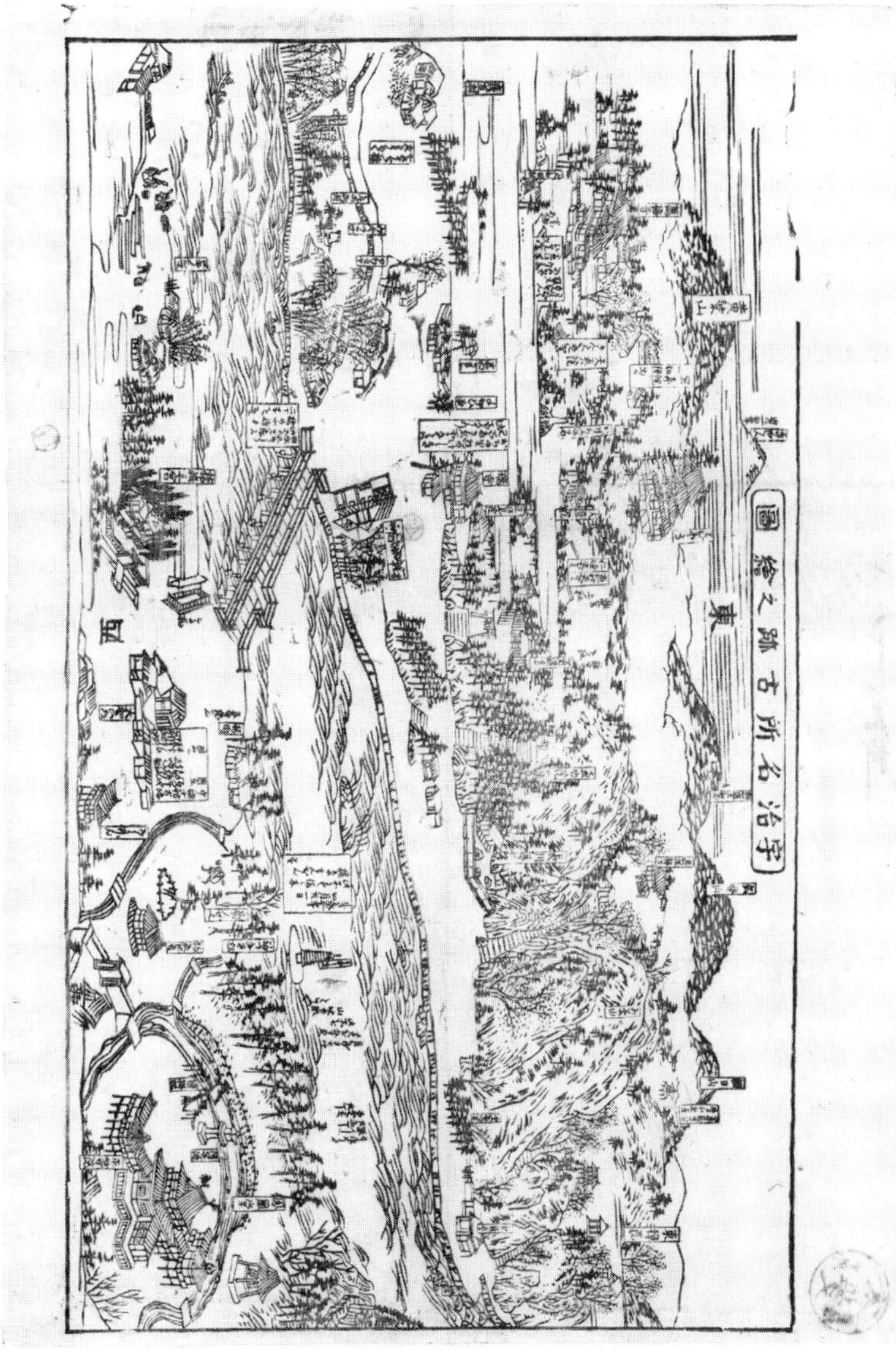

「宇治名所古跡之絵図」(宇治市歴史資料館提供)

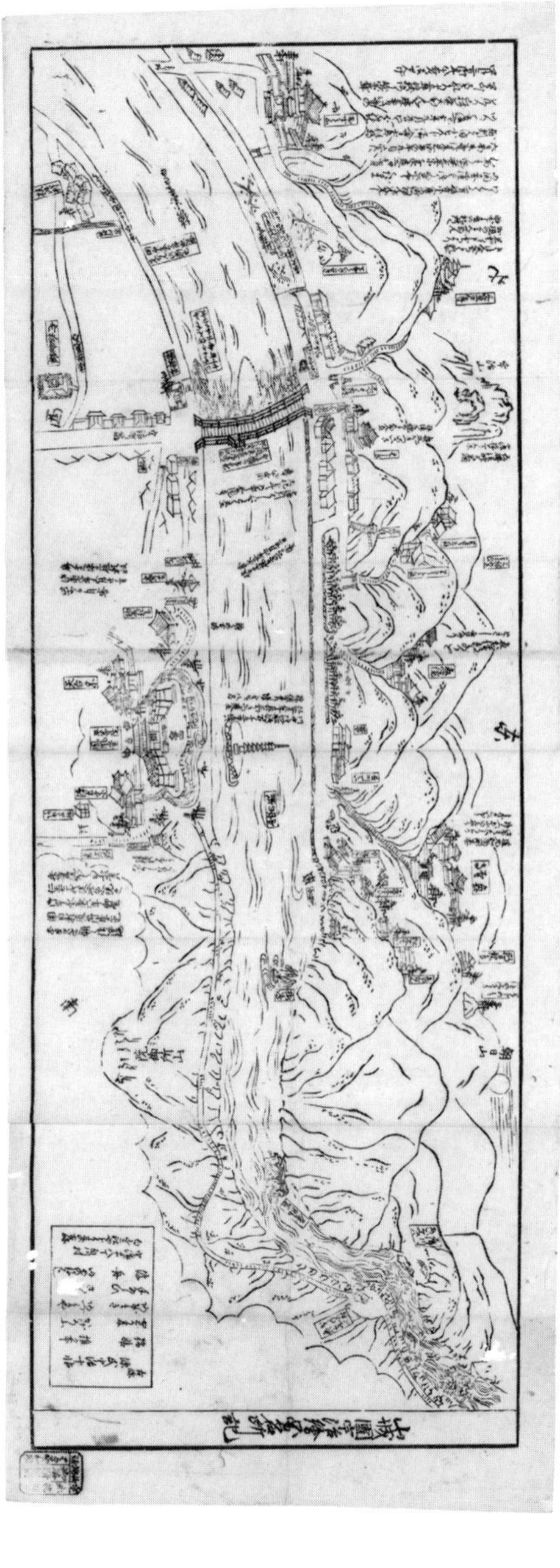

「山城国宇治絵図名所記」（宇治市歴史資料館提供）

「山吹ノ瀬」と記します。あとの三つはいずれも、十三重塔の建つ宇治川中州の浮島の上流を示し、宇治川の、ii・iiiは中流、ivはやや左岸よりに「山吹の瀬」と記しています。注目すべきはiii・ivの解説で、iii「宇治名所古跡の図」は、

山吹の瀬　月朝日山より出川なミ（川波）黄色をなす故

と記し、iv「宇治名所古跡之絵図」は、

月かげさせバ黄をなすゆへ此所を山吹の瀬といふ

と記してあります。

宇治川右岸の興聖寺背後にある朝日山から昇った月が、その影を宇治川の水面に宿し、それが黄色く輝くゆえに「山吹の瀬」と名付けるというのです。世阿弥の謡曲「頼政」を踏まえるように思われますが、今までにない新しいいわれを示しています。これら絵図の出版年次は分かりませんが、おそらく『都名所図会』に触発されたもので、江戸後期から末期

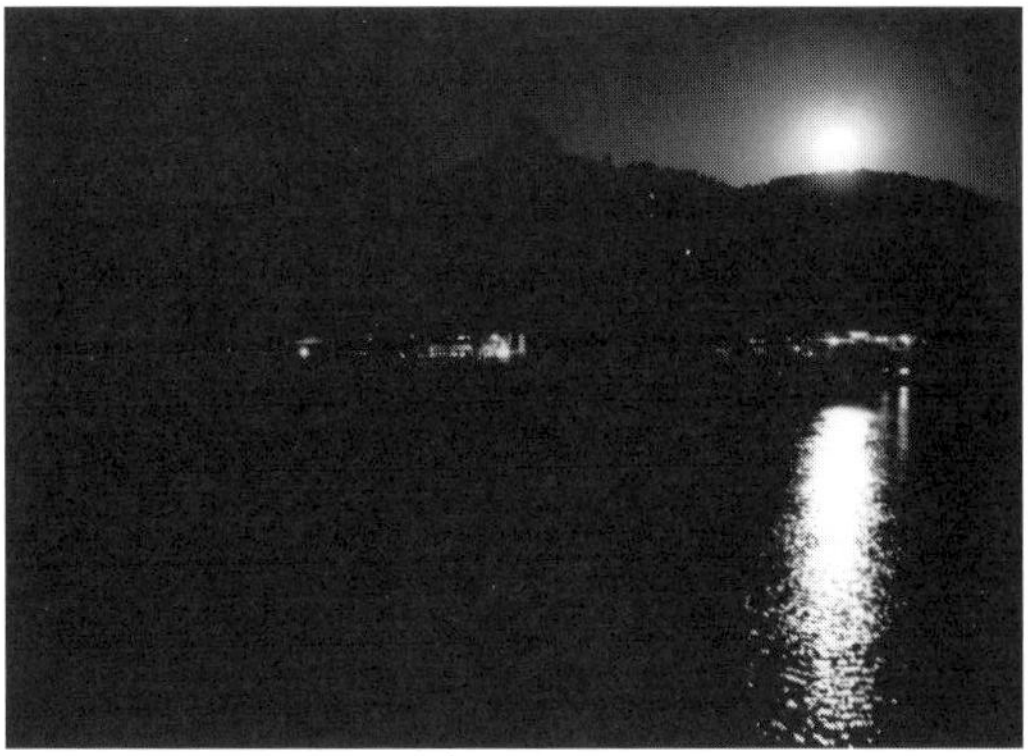

朝日山から出た月が宇治川に光を映す

にかけて作られたものでしょう。江戸も後期以降になって、山吹の瀬は、山吹の花とは関係なく、宇治川に映る月影の輝きからの命名が考え出されました。これらの絵図は旅の案内に作られたものです。絵図の山吹の瀬の解説は、宇治を訪れる旅人たちを、夜の宇治川畔へと誘ったかもしれません。

一年《ひととせ》私は、平等院側の料理旅館「鮎宗」さんの川沿いの部屋から、若い友人とお酒を飲みながら、中秋の名月の出を待ったことがありました。月は、古歌や世阿弥の「頼政」にあるごとく、本当に朝日山から出て、次第に夜空に昇ってゆきます。感動して思わず外に出ると、宇治の夜景に浮かんだ月は、宇治川に光を映し、すうっと帯を展《の》べたように、水面に美しく輝きました。この景色が絵図に言う「山吹の瀬」の実景であったのかと感嘆し、月影に光る宇治川をしばし眺めていました。

明治時代に入り、リアリズムが重んじられるようになると、山吹の瀬はしだいに人々の意識から消えていったようです。田山花袋や高浜虚子などの文人をはじめ、明治以降も宇治の紀行文や案内書などが多く出されています。しかし私の見た限り、宇治の風景や名所旧跡を紹介する書物に、山吹の瀬を記すものはありませんでした。

宇治に詳しい方や在住の方にお会いする度に、山吹の瀬についてお尋ねしましたが、ほとんどの方が、分からないとのお答えでした。

そのなかで、お一人だけ宇治橋近くにお住まいの方が、

「ああ、山吹の瀬は、あのショウガオロシのところをいうのですよ。」

と即座に教えてくださいました。後で賜った葉書には、

「山吹の瀬」は、生長の家の前の瀬が「しょうがおろし」と言っておりましたから、その上の白川の下手あたりを指して言ったものだと思います。

と、記してくださっていました。貴重なものとしてここに留めておきたいと思います。

長々と綴ってきました。宇治の名所「山吹の瀬」についてまとめておきましょう。

「山吹の瀬」は、『万葉集』の歌を初出とするもので、同時代の資料に他に例が見えない。また、「山吹の瀬」と地名に読まない説も存在する。

山吹の瀬は、平安時代後期あたりまでは、文献にも文学作品にも記されない。平安時代末期・鎌倉時代の歌論書に歌枕として登録される。証歌は『万葉集』の歌である。それを機におそらく中世以降、和歌をはじめとする文学作品に「山吹の瀬」は記されるようになる。

山吹の瀬の具体的な場所が特定されるのは江戸時代の地誌からである。

1、宇治橋下流。（しかし、宇治橋下流は当時巨椋池が広がっており、否定さるべき）
2、興聖寺辺りに山吹が植えられており、その傍の宇治川右岸近くの瀬をいう。
3、平等院近くの瀬をいう。源融がそこに山吹を多く植えたことを起源とする。
4、朝日山から出た月が宇治川に影を映し、それが黄色に輝くゆえに山吹の瀬という。

ということになりましょうか。

「山吹の瀬」についての議論はいまだ結論が出ていないようです。ありやなしやは杳《よう》として知れませんが、それが文学地名であることは違いありません。山吹の瀬は、詩歌に詠まれ、文人を誘い地名として育ってきました。

北村季吟や貝原益軒が考証し、後鳥羽上皇や芭蕉が詠み、田上菊舎が訪ねました。山吹の瀬は、宇治を旅する人々にも広く名所として知られ、現在の宇治市の花が山吹の花であることのルーツともなった歌枕です。

文学地名を歩く愉しみ

小西亘氏の前著『宇治の文学碑を歩く』（澪標・二〇一九）を拝読して以来、私はすっかり「小西ファン」になっていた。職歴を見ると京都府立南陽高校勤務とある。幸い孫が通っていたので、どんな先生かと聞くと「分かりやすい授業をされるいい先生やで」との答。このうえはぜひ先生の講演を聴きたいと思い、孫に「講演依頼書」を持って行かせた。私も中学と大学での長い教壇生活を経験しているので、先生方の美徳（あるいは弱点？）は、「生徒の願いに弱いこと」だと知っていた。孫には「断られても説得せよ。成功報酬があるぞ」と「ニンジン」までぶらつかせておいた。

ありがたいことに、私の「悪巧み」はまんまと成功し、宇治市で開催した「京都地名研究会第五五回地名フォーラム」（令和二年一〇月一八日）で、「宇治・南山城の文学地名　～山吹の瀬・相楽山・宇治山～」との演題で講演して頂くことができた。先生の講演は、多彩な資料、豊かな学識に基づき、なおかつ分かりやすいお話しぶりであり、参加の方々に大好評をいただくことが出来た。

その先生が新著を出されるという。心待ちにしていたのだが、一般の読者の方より早く読ませて頂くことが出来た。結果は大満足。前著の「文学碑」という縛りがなくなった分、かえって南山城（ここでは月ヶ瀬を含む）の文学地名について縦横無尽に筆を走らされている印象を受けた。

そもそも地名は、そこで繰り広げられた歴史によって意味づけされ、そこを舞台として編まれた文学によって多様な色づけがなされる。本書は、南山城の文学地名がもつ重層したイメージを華麗に解きほぐし、味わうための絶好の「手引き書」となっている。

私にとっての魅力の第一は、知らないことがいっぱい書かれていて、多くの発見があったことだ。たとえば、第二章に「天山」という山名が出てくる。私がこの名前を知ったのは、内田嘉弘・竹内康之編著『京都府山岳総覧』（ナカニシヤ出版・二〇一六）で、「標高一〇四㍍。麓の青谷小学校の校歌に歌われている」と簡単に紹介されているだけだった。実際に行ってみても、何の変哲もないささやかな丘でしかなく、何か損をしたような気分になった。ところが本書を読むと、上田三四二が

満ちみちて　梅咲ける野の　見えわたる　高丘は吹く　風が匂ひつ

と詠んでいるではないか。青谷診療所の人たちも、観梅に訪れた人たちも、頂上から眼下一面に果てしなく広がる梅林を愉しんでいたという。私自身、「知らないことはもったいないことだ」とつくづく思わされた次第である。もちろん、この春には再訪したいと思っている。

第二の魅力は、冷静で論理的に展開されている文章の様に見えて、実は氏の心の躍動が垣間見られる楽しみである。第四章で、斎藤拙堂が月ヶ瀬の夜の梅を見に行く場面がある。機が熟し訪れたが、空は黒雲に覆われて失望していると、宿人の「雲が切れた」との声。「驚喜して狂せんと欲し、盃を

捨て」て観梅の場所へと駆けつける。この場面では、氏自身が、拙堂たちの後を息せき切って追いかけているように思えてくる。案の定、第十章「山吹の瀬」で、宇治川畔の旅館で中秋の名月を待っていた氏は、朝日山から出てきた満月に「思わず外に出ると、宇治の夜景に浮かんだ月は、宇治川に光を映し、すうっと帯を展べたように、水面に美しく輝きました。この景色が絵図に言う『山吹の瀬』の実景であったのかと感嘆し」とあり、盃を捨てて走っておられるのである。実は、その氏の後を読者である私が追いかけていて、感動を共にしているという楽しみを味うことが出来た。

第三は、各章の構成の妙である。最初に中心となる和歌が提示され、後半に同じ歌がまた出てくる。この趣向は私自身の教壇経験からよく分かる。たとえば、中学校三年生の『万葉集』の授業で、

あまざかる　ひなの長路ゆ　恋ひ来れば　明石の門より　大和島見ゆ　柿本人麻呂

という歌（巻三・二五五）を私はよく採り上げた。「長い道のりを恋しく思ってやって来たが、明石海峡から生駒連山が見えたよ」という現代語訳を与えても、生徒は全く感動しない。一時間かけてその背景等を理解させ、初句からの重苦しい雰囲気が、三句で少しほっとするが、四句で凝縮された世界となり、結句で全て解き放たれることに気づかせる。生徒が「急にぱっと広がった景色に感動した」と言うまでこちらも粘る。最後に改めてこの歌を朗読させると、最初とは全く違う心のこもった朗読となる。つまり、感動を追体験することで歌が全く違って見えてくるのである。感動は押しつけられないからこそ、感動せざるを得ないように持っていきたいのが国語の教師の宿命的な願いである。

第九章の「相楽山」の比定は圧巻である。多くの先行研究を採り上げ、丁寧に検討され、絞られていく氏の論考の過程は、推理小説の謎解きのような楽しみがある。他の章でも言えることだが、現地調査と共に、地元の古老の話が貴重である。かくして、今まで不透明であった相楽山がすっきりとした姿を現してくる。二度目に出てくる高橋朝臣の挽歌を読むとき、我々も恭仁京に立ち、作者にしっかり寄り添いながら相楽山を悲しみの目で眺めることが出来るのである。二回目の歌の活字の後ろから「この歌の面白さを分かってくれましたか」という先生のにこやかな笑顔が見え隠れする。

まだまだ紹介したい魅力が尽きないが、読者の発見の邪魔をしないように、これ以上は控える。恭仁京を擁する南山城地方は、文学地名の宝庫でもある。本書で紹介された人名の総数はどれほどになるのだろうか。藤原俊成から頼山陽や与謝野晶子、北見志保子まで、文学史を彩る錚々たる文人達に愛されながら、残念なことにあまり知られてこなかった。本書は、埋もれ懸けていた南山城の文学地名発掘の金字塔といっても過言ではない。

本書を携えて南山城の文学散歩を愉しまれる方が一人でも多くなるようにと願うばかりである。

二〇二一年一月吉日

小寺　慶昭（龍谷大学名誉教授）

小西 亘（こにし わたる）

1958年京都府南山城村に生まれる。
1982年より京都府立高校に勤務、現在京都府立南陽高校国語科教諭。

著書　1996年『注釈青谷絶賞』（「注釈青谷絶賞」発行企画世話人会）。
2004年『月ヶ瀬と齋藤拙堂』（月ヶ瀬村教育委員会・共著）。
2012年『青谷梅林文学散歩』（城陽市観光協会）。
2012年『「月瀬記勝」梅渓遊記』（「梅の月ヶ瀬へ」編集委員会）。
2013年『相楽歴史散歩』（山城ライオンズクラブ・共著）
2019年『宇治の文学碑を歩く』（澪標）

E-mail : umehakase4@yahoo.co.jp

詩歌とめぐる南山城・月ヶ瀬

二〇二一年三月三日発行

著　者　小西　亘
装　幀　森本良成
発行者　松村信人
発行所　澪　標《みおつくし》
大阪市中央区内平野町二-三-十一-二〇二
TEL　〇六-六九四四-〇八六九
FAX　〇六-六九四四-〇六〇〇
振替　〇〇九七〇-三-七二五〇六
印刷製本　亜細亜印刷㈱
DTP　山響堂 pro.